La Nouvelle Législation

SUR LES

HABITATIONS A BON MARCHÉ

PAR

Auguste TARRIN

Sous-chef de bureau à la Préfecture de la Seine

PARIS

IMPRIMERIE ET LIBRAIRIE CENTRALES DES CHEMINS DE FER

IMPRIMERIE CHAIX

SOCIÉTÉ ANONYME AU CAPITAL DE TROIS MILLIONS

Rue Bergère, 20

1906

La Nouvelle Législation

SUR LES

HABITATIONS A BON MARCHÉ

PAR

Auguste TARRIN

Sous-chef de bureau à la Préfecture de la Seine

PARIS

IMPRIMERIE ET LIBRAIRIE CENTRALES DES CHEMINS DE FER

IMPRIMERIE CHAIX

SOCIÉTÉ ANONYME AU CAPITAL DE TROIS MILLIONS

Rue Bergère, 20

1906

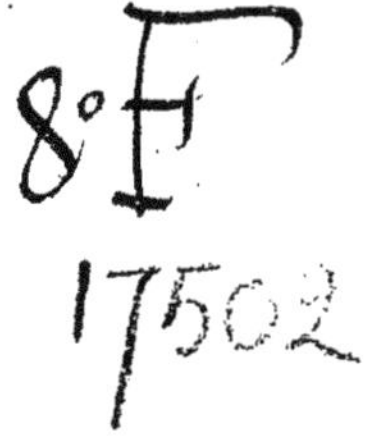

La Nouvelle Législation

HABITATIONS A BON MARCHÉ

La question de l'habitation vient d'entrer en France dans une nouvelle phase.

La loi du 12 avril 1906, sur les habitations à bon marché, promulguée au *Journal Officiel* le 15 avril, va certainement déterminer de nouvelles initiatives en vue de l'amélioration du logement populaire.

Sans attendre la publication du règlement d'administration publique qui déterminera les mesures propres à assurer l'application des dispositions de la loi, nous avons pensé qu'il était utile de préciser les modifications apportées à la législation de 1894 et de signaler aussi certaines imperfections de la loi nouvelle.

Nous ferons suivre ce commentaire de l'exposé du mode de fonctionnement de la Société coopérative que nous avons fondée l'an dernier sur les bases indiquées dans notre étude de 1904 (1) et dont le type pourrait être avantageusement adopté par les nouvelles Sociétés qui vont se constituer.

ARTICLE PREMIER.

Il sera établi dans chaque département un ou plusieurs Comités *de patronage des habitations à bon marché et de la prévoyance sociale. Ces Comités ont pour mission d'encourager toutes les manifestations de la prévoyance sociale, notamment* la construction de maisons salubres et à bon marché, soit par des particuliers ou des Sociétés en vue de les louer ou de les vendre *à des personnes peu fortunées, notamment à des travailleurs* vivant principalement de leur salaire, soit par les intéressés eux-mêmes pour leur usage personnel.

L'institution des Comités n'est plus facultative ; elle devient obligatoire de façon qu'il y ait un Comité par département, par arrondissement, par canton, par commune, suivant les cas, et que toute partie du territoire soit dans la circonscription d'un Comité.

La compétence des Comités est étendue à toutes les questions de prévoyance sociale.

La loi de 1894 ne s'appliquait qu'aux personnes qui n'étaient propriétaires d'aucune maison ; un habitant de Paris, par exemple, qui possédait une chaumière dans son village d'origine, ne pouvait

______

(1) *Habitations à bon marché et Assurances en cas de décès*, Paris, 1904.

bénéficier de la loi et était incité par cela même à faire une fausse déclaration difficile à contrôler.

Actuellement, pour bénéficier de la loi, il suffit que les maisons soient destinées à des personnes peu fortunées et le critérium de cette destination est la valeur locative indiquée par la loi.

Néanmoins, pour éviter des abus, l'expression « peu fortunée » permettra de refuser le bénéfice de la loi, par exemple, aux personnes qui ont en leur nom, d'une manière permanente, deux habitations, l'une à la ville, l'autre à la campagne.

ART. 2.

Ces Comités sont institués par décret du Président de la République, après avis du Conseil général et du Conseil supérieur des habitations à bon marché. Le même décret détermine l'étendue de leur circonscription et fixe le nombre de leurs membres, dans la limite de neuf au moins et de douze au plus.

Le tiers des membres du Comité est nommé par le Conseil général, qui le choisit parmi les conseillers généraux, les maires et les membres des Chambres de commerce ou des Chambres consultatives des arts et manufactures de la circonscription du Comité.

Les deux autres tiers sont désignés dans les conditions déterminées par un arrêté du Ministre du Commerce pris après avis du Comité permanent du Conseil supérieur, visé à l'article 14 de la présente loi, parmi les personnes spécialement versées dans les questions de prévoyance, d'hygiène, de construction et d'économie sociale.

Ces Comités ainsi constitués font leur règlement, qui est soumis à l'approbation du Préfet. Ils désignent leur président et leur secrétaire. Ce dernier peut être pris en dehors du Comité.

Ces Comités sont nommés pour trois ans.

Leur mandat peut être renouvelé.

La modification apportée au troisième paragraphe est la conséquence des nouvelles attributions conférées aux Comités par l'article premier.

ART. 3.

Ces Comités peuvent recevoir des subventions de l'État, des départements et des communes, ainsi que des dons et legs, aux conditions prescrites par l'article 910 du Code civil pour les établissements d'utilité publique.

Toutefois, ils ne peuvent posséder d'autres immeubles que celui qui est nécessaire à leurs réunions.

Ils peuvent faire des enquêtes, ouvrir des concours d'architecture, distribuer des prix d'ordre et de propreté, accorder des encouragements pécuniaires et, plus généralement, employer les moyens de nature à provoquer l'initiative en faveur de la construction et de l'amélioration des maisons à bon marché.

Dans le cas où ces Comités cesseraient d'exister, leur actif après liquidation pourra être dévolu, sur l'avis du Conseil supérieur institué à l'article 14 ci-après, aux Sociétés de construction des habitations à bon marché, aux associations de prévoyance et aux bureaux de bienfaisance de la circonscription.

ART. 4.

Le département doit subvenir aux frais de local et de bureau des Comités, ainsi qu'aux frais de déplacement nécessaires pour l'application de la présente loi, suivant le tarif et dans les conditions déterminées par le Conseil général. Il peut prendre à sa charge les jetons de présence qui seraient alloués, à titre d'indemnité de déplacement, aux membres des Comités n'habitant pas la localité où se tiendraient les réunions.

Cet article rend obligatoires pour les départements, de facultatives qu'elles étaient auparavant, les dépenses des Comités locaux.

Ces Comités auront à certifier la salubrité des maisons qui doivent bénéficier de la loi, ce qui nécessitera pour eux l'obligation de les visiter et entraînera par suite certains frais.

ART. 5.

Les avantages concédés par la présente loi s'appliquent aux maisons destinées à l'habitation collective lorsque la valeur locative réelle de chaque logement, ne dépasse pas, au moment de la construction, le chiffre fixé, pour chaque commune, tous les cinq ans, par une commission siégeant au chef-lieu du département et composée d'un juge au tribunal civil, d'un conseiller général et d'un agent des contributions directes, désignés par le préfet. Les maires seront admis à présenter verbalement ou par écrit leurs observations sur la fixation de cette valeur locative, dans leurs communes respectives.

Ce chiffre ne peut être supérieur aux maxima déterminés ci-après, ni inférieur de plus d'un quart auxdits maxima :

1° Communes au-dessous de 1.001 habitants, 140 francs ;

2° Communes de 1.001 à 2.000 habitants, 200 francs ;

3° Communes de 2.001 à 5.000 habitants, 225 francs ;

4° Communes de 5.001 à 30.000 habitants et banlieue des communes de 30.001 à 200.000 habitants, dans un rayon de 10 kilomètres, 250 francs ;

5° Communes de 30.001 à 200.000 habitants, banlieue des communes de 200.001 habitants et au-dessus dans un rayon de 15 kilomètres et grande banlieue de Paris, c'est-à-dire communes dont la distance aux fortifications est supérieure à 15 kilomètres et n'excède pas 40 kilomètres 325 francs ;

6° Petite banlieue de Paris, dans un rayon de 15 kilomètres 400 francs ;

7° Communes de 200.001 habitants et au-dessus, 440 francs ;

8° Ville de Paris, 550 francs.

Le bénéfice de la loi est acquis par cela seul que la destination principale de l'immeuble est d'être affecté à des habitations à bon marché. Toutefois, les exonérations d'impôts accordées par l'article 9 de la présente loi ne s'appliqueront qu'aux parties de l'immeuble réellement occupées par des logements à bon marché.

Bénéficieront également des avantages de la loi les maisons individuelles, dont la valeur locative réelle ne dépassera pas de plus d'un cinquième le chiffre déterminé par la commission ci-dessus prévue. Seront considérés comme dépendances de la maison pour l'application *de la loi sauf en ce qui concerne l'exemption temporaire d'impôt foncier*, les jardins *d'une superficie de 5 ares au plus* attenant aux constructions ou les jardins de 10 ares au plus non attenant aux constructions et possédés dans la même localité par les mêmes propriétaires.

Pour l'application de la présente loi, la valeur locative des maisons ou logements sera déterminée par le prix de loyer porté dans les baux, augmenté, le cas échéant, du montant des charges autres que celles de salubrité (eau, vidange, etc,) et d'assurance contre l'incendie ou sur la vie, S'il n'existe pas de bail, la valeur locative des maisons individuelles sera fixée à 5,56 0/0 du prix de revient réel de l'immeuble. Les propriétaires devront justifier de l'exactitude des bases d'évaluation par la production de tous documents utiles (baux, contrats, devis, mémoires, etc.) A défaut de justifications ou en cas de justifications insuffisantes, la valeur locative sera déterminée suivant les règles prévues par l'article 12, paragraphe 3, de la loi du 15 juillet 1880.

Les Comités de patronage certifieront la salubrité des maisons et logements qui doivent bénéficier des avantages de la loi. S'ils refusent ce certificat ou s'ils négligent de le délivrer dans les trois mois de la demande qui leur en sera faite, les intéressés pourront se pourvoir devant le Ministre du commerce qui statuera après avis du Préfet et du Comité permanent. Ils pourront soumettre à l'approbation du Ministre du Commerce des règlements indiquant les conditions que devront remplir les constructions pour être agréées.

L'article 5 nouveau a pour résultat de relever dans une notable proportion les maxima de loyers au-dessus desquels on ne pouvait bénéficier des avantages de la loi.

La modification relative aux localités avoisinant les villes est des plus intéressantes.

Dans le voisinage des villes, petites et grandes, les frais de construction y sont élevés du fait des octrois et du prix de la main-d'œuvre ; d'autre part, le prix du terrain, lorsqu'il est desservi par une rue en bon état, augmente sensiblement le prix de revient total et risque de mettre l'habitation en dehors du régime des habitations à bon marché.

La loi de 1894 avait déjà fait une situation de faveur à la banlieue de Paris dans un rayon de 40 kilomètres ; ce principe est étendu aux banlieues des communes ayant plus de 30.000 habitants.

Mais si le voisinage de la capitale exerce au point de vue économique une influence incontestable sur les localités de la banlieue, il est bien certain que cette influence n'est pas la même pour la banlieue immédiate, comme Neuilly, Vincennes, Saint-Denis, Montrouge et pour les localités distantes de 40 kilomètres ; aussi a-t-on divisé la banlieue de Paris en deux zones distinctes figurées dans la carte ci-jointe.

Oise
Mortefontaine
Neuilly-en-Thelle
Thiverny
le Plessis Aumonie
Pommeraie
Senlis
Méru
Amblainville
Neuilly-en-Vexin
Baron
Marines
Silly-le-long
Gadancourt
Marcilly
Lainville
Ezanville
Bouqueval
Domont
Goussainville
St-Leu-Taverny
Écouen
SEINE
Herblay
Roissy
Issou
Villepinte
Porcheville
Maisons-Laffitte
Meaux
40 Kilom.
Vaujours
Arnouville
Coubron
Vaucourtois
St-Germain-en-Laye
Montfermeil
Marne
Osmoy
15 Kilom.
PARIS
Chelles
Crécy
L'Étang-la-Ville
Champs
Noisy-le-Roi
La Queue-en-Brie
Gros-Rouvres
St Cyr
Mortcerf
Boissy-St-Léger
Gambaizeuil
Toussus
Villecresnes
Marles
St Léger
Saclay
Crosnes
Fontenay
Vigneux
Yerres
Poigny
Juvisy
Montgeron
Palaiseau
Villebon
Draveil
Argentières
Rambouillet
Longjumeau
SEINE
Andrezel
Sonchamp
Melun
Ponthévrard
Dourdan
Dammarie-les-Lys
Fourchainville
Villiers-en-Bière
Étrechy
Soisy-s-École
Longueville
La Ferté-Alais

La première, la plus rapprochée de la capitale, comprend toutes les communes dont la mairie n'est pas distante des fortifications de plus de 15 kilomètres ; cette zone paraît limitée à l'intérieur, par Draveil, Vigneux, Montgeron, Crosne, Yères, Villecresnes, Boissy-Saint-Léger, La Queue-en-Brie, Champs, Chelles, Montfermeil, Goubron, Vaujours, Villepinte, Roissy, Goussainville, Bouqueval, Ecouen, Ezanville, Domont, Saint-Leu-Taverny, Herblay, Maisons-Laffitte, Le Mesnil, Saint-Germain-en-Laye, L'Etang-la-Ville, Noisy-le-Roi, Saint-Cyr, Toussus, Saclay, Palaiseau, Villebon, Longjumeau, Juvisy.

Pour toutes les communes situées dans cette zone, les maxima de loyers ne pourront dépasser 400 francs pour les maisons collectives et 480 francs pour les maisons individuelles.

La seconde, la plus éloignée de Paris, comprend toutes les communes dont la mairie est distante des fortifications de 15 kilomètres au moins et de 40 kilomètres au plus ; cette seconde zone paraît limitée, à l'intérieur par Melun, Andrezel, Argentières, Fontenay, Marles, Mortcerf, Crécy, Vaucourtois, Meaux, Marcilly, Silly-le-Long, Baron, Senlis, Aumont, Le Plessis-Pommeraie, Thiverny, Neuilly-en-Thelle, Mortefontaine, Méru, Amblainville, Neuilly-en-Vexin, Marines, Gadancourt, Lainville, Isson, Porcheville, Arnouville, Osmoy, Gros-Rouvres, Gambaiseuil, Saint-Léger-en-Yvelines, Poigny, Rambouillet, Sonchamp, Ponthévrard, Dourdan, Fourchainville, Etrechy, Longueville, La Ferté-Alais, Soisy-sur-Ecole, Villiers-en-Bière, Dammarie-les-Lys.

Pour toutes les communes situées dans cette zone, les maxima de loyers ne pourront dépasser 325 francs pour les maisons collectives et 390 francs pour les maisons individuelles.

Toutefois on a introduit dans la loi un mécanisme nouveau qui consiste dans le fonctionnement d'une commission siégeant au chef-lieu du département et composée d'un juge au tribunal civil, d'un conseiller général et d'un agent des Contributions directes, désignés par le Préfet. Cette Commission devra apprécier, commune par commune, et tous les cinq ans, si les maxima fixés par la loi doivent être atteints ou s'ils doivent être abaissés ; mais les maxima légaux ne pourront être abaissés, par cette Commission, que dans la limite d'un quart.

Espérons que l'œuvre de revision quinquennale de ces Commissions n'apportera pas de trouble dans le fonctionnement des Sociétés de construction ou de crédit !

Le tableau suivant résume la réforme adoptée.

| | MAXIMA DE LOYERS | | |
| CLASSIFICATION | D'APRÈS LA LOI DE 1894 | D'APRÈS LA NOUVELLE LOI *(Limites dans lesquelles devront se mainnir les commissions chargées de déterminer le maximum, pour chaque commune, tous les cinq ans.)* | |
		Maisons collectives	Maisons individuelles
	Francs.	Francs.	Francs.
Communes au-dessous de 1.001 habitants	132	105 à 140	126 à 168
— de 1.001 à 2.000 —	220	150 à 200	180 à 240
— de 2.001 à 5.000 —	220	169 à 225	203 à 270
— de 5.001 à 30.000 —	250	188 à 250	225 à 300
Banlieue des communes de 30.001 à 200.000 habitants dans un rayon de 10 kilomètres .	»		
Communes de 30.001 à 200.000 habitants	323		
Banlieue des communes de plus de 200.000 habitants dans un rayon de 15 kilomètres .	»	244 à 325	293 à 390
Grande banlieue de Paris (communes dont la mairie est distante des fortifications de 15 kilomètres au moins et de 40 kilomètres au plus)	323		
Petite banlieue de Paris (communes dont la mairie n'est pas distante des fortifications de plus de 15 kilomètres)	323	300 à 400	360 à 480
Communes au-dessus de 200.000 habitants	440	330 à 440	396 à 528
Paris	550	413 à 550	495 à 660

En ce qui concerne les maisons collectives, le bénéfice de la loi est acquis par cela seul que la destination principale de l'immeuble est d'être affectée à des logements à bon marché; **mais il eût été utile de préciser ce que l'on entend par destination principale.** M. Henri Turot a déjà signalé cette lacune (1).

« Actuellement, c'est le fisc qui est chargé de fixer, d'après les déclarations, quelles sont les maisons qui remplissent les conditions voulues pour être considérées comme habitations à bon marché, et il y a toujours lieu de craindre qu'il n'interprète pas d'une façon suffisamment libérale les dispositions de la loi. Il est certain que nous considérons comme parfaitement raisonnable d'exclure du bénéfice de la loi les maisons qui ne renferment que quatre ou cinq logements à bas prix ; mais ne pourrait-on pas admettre que les maisons collectives qui consacreraient par exemple quatre étages sur six à des logements à bon marché peuvent être considérées comme habitations à bon marché ? Ainsi, et par l'appât des exonérations fiscales, on encouragerait les propriétaires à la construction de ces maisons et on établirait une fois de plus, et de façon très efficace, cette confusion indispensable entre les maisons ordinaires et les habitations à bon marché. »

Les exonérations d'impôts accordées par la loi ne s'appliquent qu'aux parties de l'immeuble réellement occupées par des logements à bon marché et pour éviter toute controverse avec les agents du fisc, les maxima fixés par la loi porteront exclusivement sur le chiffre du loyer déterminé sans fraude par le bail. S'il n'existe pas de bail, la valeur locative des maisons individuelles s'établira d'après le prix de revient réel de la maison et le taux de capitalisation de 5,56 0/0 résultant de la dernière évaluation des propriétés bâties effectuée en 1899-1900.

Le tableau ci-après fait ressortir les modifications apportées, relativement au prix de revient total des maisons individuelles (terrain et construction), tant pour celles qui seront louées à bail aux taux de 3,50 0/0, 3,75 0/0, 4 0/0, 5 0/0 (comprenant les charges incombant de droit au propriétaire) que pour celles auxquelles le taux de capitalisation de 5,56 0/0 devra être appliqué.

---

(1) M. Henri Turot, conseiller municipal de Paris, vient de publier un remarquable ouvrage sur les habitations à bon marché, dans lequel on trouve sur cette question d'un intérêt social incontestable les renseignements les plus précis et les plus intéressants.

Prix de revient total (terrain et construction) des maisons individuelles ayant le caractère légal d'habitations à bon marché.

CLASSIFICATION	D'APRÈS LA LÉGISLATION DE 1894					D'APRÈS LA LÉGISLATION NOUVELLE				
	VALEUR LOCATIVE	APPLICATION A LA VALEUR LOCATIVE DU TAUX DE CAPITALISATION CI-DESSOUS				VALEUR LOCATIVE	APPLICATION A LA VALEUR LOCATIVE DU TAUX DE CAPITALISATION CI-DESSOUS			
		3,50 %	4 %	5 %	5,56 %		3,50 %	4 %	5 %	5,56 %
	Francs.	Francs.	Francs.	Francs.	Francs.	Francs.	Francs.	Francs.	Francs.	Francs.
Communes au-dessous de 1.001 habitants.	132	3.770	3.300	2.640	2.370	126 à 168	3.600 à 4.800	3.150 à 4.200	2.520 à 3.360	2.260 à 3.020
Communes de 1.001 à 2.000 habitants.	220					180 à 240	5.140 à 6.850	4.500 à 6.000	3.600 à 4.800	3.230 à 4.310
— de 2.001 à 5.000 —	220	6.280	5.500	4.400	3.950	203 à 270	5.800 à 7.710	5.075 à 6.750	4.060 à 5.400	3.650 à 4.850
— de 5.001 à 30.000 —	250	7.140	6.250	5.000	4.490					
Banlieue des communes de 30.001 à 200.000 habitants dans un rayon de 10 kilomètres	»	»	»	»	»	225 à 300	6.430 à 8.570	5.625 à 7.500	4.500 à 6.000	4.040 à 5.390
Communes de 30.001 à 200.000 habitants.	323	9.220	8.075	6.460	5.800					
Banlieue des communes de plus de 200.000 habitants dans un rayon de 15 kilomètres	»	»	»	»	»					
Grande banlieue de Paris (communes dont la mairie est distante des fortifications de 15 kilomètres au moins et de 40 kilomètres au plus)	323					293 à 390	8.370 à 11.140	7.325 à 9.750	5.860 à 7.800	5.260 à 7.010
Petite banlieue de Paris (communes dont la mairie n'est pas distante des fortifications de plus de 15 kilomètres)	323	9.220	8.075	6.460	5.800	360 à 480	10.280 à 13.710	9.000 à 12.000	7.200 à 9.600	6.470 à 8.630
Communes au-dessus de 200.000 habitants.	440	12.570	11.000	8.800	7.910	396 à 528	11.310 à 15.080	9.900 à 13.200	7.920 à 10.560	7.120 à 9.490
Paris	550	15.710	13.750	11.000	10.000	495 à 660	14.140 à 18.850	12.375 à 16.500	9.900 à 13.200	8.810 à 11.870

Pour qu'une maison puisse bénéficier des faveurs fiscales, elle devra être reconnue *salubre* et *à bon marché* par le Comité départemental.

Mais une autre condition devrait être imposée en ce qui concerne les maisons collectives.

Dans la proposition que M. Paul Strauss avait déposée au Sénat le 21 juin 1904, figurait la disposition suivante relative aux habitations collectives :

> Les chiffres ci-dessus s'appliquent aux logements-possédant quatre pièces habitables au moins, ayant chacune une surface minima de 12 mètres; ils seront diminués d'un cinquième pour les logements de trois pièces, de deux cinquièmes pour les logements de deux pièces et de trois cinquièmes pour les chambres isolées.

Cette disposition était des plus équitables, car la loi de 1894 accordait l'exonération d'impôts sans se préoccuper de l'importance des logements; il en résultait que de petits logements luxueux étaient exonérés à tort et contrairement à l'intention du législateur. C'est cependant cet état de choses que l'on a maintenu !

M. Paul Strauss justifiait comme suit la disposition qu'il avait proposée :

> On a objecté, dit-il, que la loi Siegfried ne se préoccupe pas suffisamment de l'importance des maisons qui doivent bénéficier des faveurs légales. Que le logement comprenne quatre pièces ou une seule, la loi n'en a cure; elle demande seulement le prix du loyer et elle accorde l'exonération d'impôts si ce loyer n'excède pas un certain chiffre. Il en résulte que des chambres luxueuses occupées par des célibataires sont de plein droit exonérées, alors que des logements de trois ou quatre pièces, occupés par une famille ouvrière, restent assujettis à l'impôt. Il nous a paru nécessaire de proposer une dispensation plus équitable des faveurs de la loi, en décidant que les maxima de loyer seront fixés en tenant compte de l'importance des logements.

Et pour en expliquer la suppression M. Paul Strauss écrit simplement dans son rapport :

> Nous devons faire remarquer en outre que les maxima nouveaux s'appliquent aux logements indépendamment du nombre des pièces que ces logements comportent. Nous aurions préféré graduer le chiffre du maximum sur l'importance des logements, c'est-à-dire avoir un maximum pour les

logements d'une pièce, un second pour les logements de deux pièces, un troisième pour les logements de trois pièces, etc. ; on pouvait arriver à ce résultat, en somme plus équitable que l'autre, sans recourir à de grandes complications. Mais *les personnes compétentes* que nous avons entendues ont été unanimement d'avis que ce système devait être abandonné et il nous a paru convenable de ne pas persister dans une proposition qui n'avait point l'agrément des *représentants les plus qualifiés de l'amélioration des logements populaires.*

Il est facile de se rendre compte, par ce simple rapprochement, que l'avis personnel de l'honorable rapporteur n'a pas varié.

Ce qu'il proposait de trancher catégoriquement par une disposition législative, est maintenant laissé au bon vouloir et à l'arbitraire des Comités départementaux.

Il serait intéressant de connaître les raisons de ces *personnes compétentes* et de ces *représentants les plus qualifiés de l'amélioration des logements populaires* qui n'ont point daigné agréer le texte proposé par M. Paul Strauss ?

A l'appui de notre opinion, il est bon de faire remarquer que M. Henri Turot considère les maxima nouveaux comme étant trop élevés ; il proposait, pour Paris, les maxima suivants :

Logements de 4 pièces, cuisine et accessoires. .	400	francs
Logements de 3 pièces, cuisine et accessoires .	320	»
Logements de 2 pièces, cuisine et accessoires. .	240	»
Logements de 1 pièce avec cuisine	160	»
Logement de 1 pièce sans cuisine.	80	»

Il en serait résulté une diminution des maxima proposés pour les autres séries.

Mais ce système même de l'estimation des valeurs locatives réelles d'après le nombre de pièces paraît défectueux à M. Henri Turot qui préférerait que les maxima, tout au moins en ce qui concerne Paris, fussent établis suivant un principe différent : *la surface des logements,* système adopté par le Conseil municipal de Paris et faisant l'objet d'une clause spéciale du cahier des charges dressé en vue de l'aliénation de terrains communaux.

C'est dans cet ordre d'idées que nous aurions voulu voir intercaler les

deux paragraphes suivants après celui commençant par ces mots :
Le bénéfice de la loi est acquis :

Pour les six premières séries, les chiffres ci-dessus s'appliquent aux logements possédant quatre pièces habitables au moins, ayant chacune une surface minima de 12 mètres ; ils seront diminués d'un cinquième pour les logements de trois pièces, de deux cinquièmes pour les logements de deux pièces et de trois cinquièmes pour les chambres isolées.

En ce qui concerne la Ville de Paris, le bénéfice de la loi ne pourra être invoqué que pour les logements dont le prix de location n'excédera pas neuf francs le mètre superficiel, la surface de chaque logement étant établie isolément, sans y comprendre l'épaisseur des murs et cloisons, ni tenir compte d'aucune partie des dépendances communes de la maison (vestibule, escalier, etc.), la cave n'entrant pas non plus dans le calcul de la surface.

ART. 6.

Les bureaux de bienfaisance et d'assistance, les hospices et les hôpitaux peuvent, avec l'autorisation du Préfet, employer une fraction de leur patrimoine, qui ne pourra excéder un cinquième, soit à la construction de maisons à bon marché, soit en prêts aux Sociétés de construction de maisons à bon marché et aux Sociétés de crédit, qui, ne construisant pas elles-mêmes, ont pour objet de faciliter l'achat, la construction ou l'assainissement de ces maisons, soit en obligations ou actions de ces Sociétés, lesdites actions entièrement libérées et ne pouvant dépasser les deux tiers du capital social.

Les communes et les départements peuvent employer leurs ressources en prêts, en obligations ou, dans les conditions ci-dessus spécifiées, en actions, sous réserve : 1° que les maisons ne puissent être aliénées au-dessous du prix de revient, ni louées à des prix inférieurs à 4 0/0 de ce prix ; *ce revenu sera considéré comme un revenu net de toutes charges et notamment de l'amortissement en trente années pour les maisons individuelles et en soixante années pour les maisons collectives »* ; 2° que ces emplois de fonds soient préalablement approuvés par décision du Ministre du Commerce, de l'Industrie et du Travail, après avis du Comité permanent du Conseil supérieur des habitations à bon marché, aux délibérations duquel participera, pour ces affaires, le Directeur de l'Administration départementale et communale au Ministère de l'Intérieur.

Sous réserve d'approbation dans les mêmes formes, les communes et les départements peuvent faire apport aux Sociétés susvisées de terrains ou de constructions, pourvu que la valeur attribuée à ces apports ne soit pas inférieure à leur valeur réelle, établie par expertise.

Ils peuvent de même : 1° céder de gré à gré aux Sociétés susvisées des terrains ou constructions, sans que le prix de cession puisse être inférieur à la moitié de leur valeur réelle établie par expertise ; 2° garantir, jusqu'à concurrence de 3 0/0 au maximum, le dividende des actions ou l'intérêt des obligations desdites Sociétés pendant dix années au plus à compter de leur constitution.

La Caisse des dépôts et consignations reste autorisée à employer jusqu'à concurrence du cinquième le fonds de réserve et de garantie des Caisses d'épargne en obligations négociables des Sociétés de construction et de crédit visées au présent article.

Le nouvel article 6 autorise *les bureaux de bienfaisance, hospices et hôpitaux* à employer un cinquième de leurs ressources en construction d'habitations à bon marché, *même en dehors de leurs circonscriptions charitables*, et leur attribue la faculté *d'acquérir des obligations* et de *souscrire des actions de Sociétés d'habitations à bon marché*, à la double condition que ces actions soient entièrement libérées et ne puissent dépasser les deux tiers du capital social.

Nous avons le regret de constater que ces établissements ne paraissent pas disposés à suivre les exemples qui leur ont été donnés par l'Assistance publique de Paris, par le Bureau de bienfaisance de Nancy et par les Commissions des hospices de Vichy, Voiron, Rouen, Arques et Saint-Amand.

Quant aux *communes* et aux *départements*, ils pourront faire les emplois ci-après, sous réserve de l'approbation préalable du Ministre du Commerce :

1° *Prêts aux Sociétés d'habitations à bon marché ou acquisitions d'obligations de ces Sociétés ;*

2° *Souscriptions d'actions desdites Sociétés* dans les conditions ci-dessus spécifiées ;

3° *Apport de terrains ou de constructions* aux Sociétés pour leur valeur réelle ;

Toutefois ces trois interventions des communes et des départements ne pourront se produire que sous la réserve suivante ; que les maisons ne pourront être aliénées au-dessous du prix de revient, ni louées à des prix inférieurs à 4 0/0 de ce prix ;

4° *Cession de terrains ou de constructions de gré à gré*, à la condition que le prix de cession ne soit pas inférieur à la moitié de la valeur de l'immeuble cédé et que cette valeur soit établie par une expertise ;

5° *Garantie d'un intérêt ou dividende de 3 0/0 au maximum*, aux obligataires et actionnaires des Sociétés pendant les dix années qui suivent la constitution de la Société, uniquement pour faciliter ainsi sa création et sa mise en marche.

M. Henri Turot a traité d'une façon complète et magistrale cette question de l'intervention des communes ; il préconise l'intervention directe, notamment pour Paris, qui, il faut bien le reconnaître, se trouve dans des conditions particulières.

Le dernier paragraphe de l'article 6 maintient à la Caisse des dépôts et consignations la faculté d'employer jusqu'à concurrence du cinquième le fonds de réserve et de garantie des Caisses d'épargne en obligations négociables des Sociétés de construction et de crédit.

Nous n'insisterons pas sur les efforts que nous avons faits à ce sujet, nous nous contenterons d'enregistrer le fait accompli. La Commission de surveillance est entrée dans la voie des prêts directs et à la Société que nous avons fondée, *l'Habitation Moderne,* revient l'honneur d'avoir contracté le premier emprunt.

Les conditions générales arrêtées par la Commission de surveillance sont les suivantes :

Taux d'intérêt de 3 0/0, net de tous frais accessoires et impôts, lesquels restent à la charge de la Société, si celle-ci remplit les conditions suivantes : 1º avoir la moitié des sommes dues par les acquéreurs de maisons individuelles couverte par des assurances temporaires souscrites auprès de la Caisse Nationale d'assurance en cas de décès au profit de la Société ; 2º limiter à 3,25 0/0, au maximum, tout dividende à servir aux actionnaires.

Si la Société ne remplit pas ces deux conditions, le taux est fixé à 3,25 0/0, mais il est accordé une bonification d'intérêt de 0,25 0/0 pour la partie du prêt correspondant aux sommes dues par les acquéreurs de maisons individuelles ayant souscrit des contrats d'assurance temporaire.

Nous pensons que dès à présent le taux de 3 0/0 devrait être accordé aux Sociétés qui n'ont pas limité à 3,25 0/0 le dividende de leurs actions mais qui obligent tous leurs Sociétaires à contracter une assurance temporaire à la Caisse Nationale.

D'autre part, nous allons essayer de démontrer que ce taux de 3 0/0 pourrait encore être abaissé sans préjudice appréciable pour la Caisse des Dépôts et Consignations.

Tout d'abord nous devons rectifier l'assertion suivante produite à la Chambre des Députés le 7 mars 1905 et au Sénat le 13 février 1906 :

> Que la caisse royale d'épargne et de retraite de Belgique ne consentait des prêts qu'aux taux de 3,25 0/0.

Si le taux actuel pratiqué en Belgique est de 3,25 0/0, **réduit à 3 0/0 pour les sociétés approuvées,** il y a lieu de noter cependant qu'au 1er janvier 1906 la Caisse royale d'épargne et de retraite était créancière de 170 sociétés d'habitations à **bon marché** pour une somme totale de 62.218.207 francs, dont :

$$27.790.128 \text{ francs prêtés à } 2\ 1/2\ 0/0,$$
$$32.751.603 \quad — \quad — \quad 3\ 0/0,$$
$$1.676.476 \quad — \quad — \quad 3,25\ 0/0.$$

et la Caisse royale reçoit en compte courant, à 3 0/0 d'intérêt, les fonds disponibles des Sociétés emprunteuses.

S'il est vrai que l'arrêté du 27 juillet 1899, fixant le taux d'intérêt des prêts à consentir par la Caisse royale, indique le taux de 3,25 0/0 réduit à 3 0/0 pour les Sociétés approuvées, il est également vrai que le 15 janvier 1900 le Conseil d'administration de la Caisse royale a décidé **que les avances consenties antérieurement au taux d'intérêt de 2 1/2 0/0 pourraient être prorogées, au même taux, jusqu'au 15 janvier 1920.**

Et si la Caisse Royale de Belgique a élevé le taux de l'intérêt, ce n'est qu'après avoir facilité, pendant dix années, par un sacrifice qui était alors aussi indispensable en Belgique qu'il l'est actuellement en France, l'essor des œuvres d'habitations ouvrières.

En outre, nous nous permettrons de faire remarquer que les 62 millions de francs prêtés en Belgique ne sont pas prélevés sur un fonds de réserve quelconque, mais sur les fonds mêmes des déposants.

En ce qui concerne la Caisse des Dépôts et Consignations, les capitaux qu'on lui demande de prêter aux Sociétés d'habitations à bon marché ne sont pas à prélever sur les fonds des déposants, mais sur le fonds de réserve et de garantie des Caisses d'épargne.

Or, au 31 décembre 1904, ce fonds de réserve et de garantie s'élevait à 179.657.920 francs, dont le cinquième, soit près de 36 millions, aurait pu être prêté et, si ce cinquième avait été entièrement prêté au taux de 2,50 0/0, la diminution de revenu dudit fonds de réserve aurait eu la seule conséquence suivante :

Au lieu de s'accroître, pendant l'année 1904, de 13.856.000 francs, soit de 8.36 0/0, il ne se serait accru que de 13.647.000 francs, soit de 8.23 0/0.

Quelle disproportion entre le sacrifice à consentir et le service à rendre !

Il donnerait, au point de vue social, des résultats autrement appréciables que celui qui a consisté à prêter, au taux exceptionnellement favorable de 2 0/0, une somme de 4.500.000 francs à la Société de crédit des habitations à bon marché, puisque ces fonds étaient rétrocédés à 3 0/0 aux Sociétés particulières et qu'en tenant compte de tous les frais accessoires l'argent revenait ainsi à près de 3,50 0/0.

M. Ernest Boulanger, membre de la Commission de surveillance, disait récemment au Sénat.:

> On a pensé à ce grand établissement financier de la Caisse des Dépôts et Consignations dont j'ai l'honneur d'être membre comme faisant partie du Conseil de surveillance. La commission de surveillance gère de gros intérêts financiers; mais ces intérêts financiers sont les vôtres, messieurs, ceux du pays. Elle ne peut administrer les fonds qu'elle a entre les mains qu'avec la plus extrême prudence, notamment en ce qui concerne les sommes que l'on veut prêter aux Sociétés d'habitations à bon marché.
>
> On demande, en effet, que la Caisse des Dépôts et Consignations consente à employer en prêts aux habitations à bon marché, quoi ? Le fonds de réserve et de garantie des Caisses d'épargne. Or, vous entendez bien quelle affectation sacrée a cette réserve des Caisses d'épargne, et combien il est nécessaire, en face de l'accumulation des épargnes déposées, que la Caisse des Dépôts et Consignations ait toujours entre les mains une grosse somme, qui peut lui servir, à un moment donné, à faire face à des événements imprévus.
>
> . . . .
>
> . . . .
>
> Aujourd'hui, la Caisse des Dépôts et Consignations, par une raison que tout le monde comprend, ne peut donner des fonds aux Sociétés d'habitations à bon marché à un taux inférieur à celui qu'elle obtient. Or, nous demandons tout simplement aux Sociétés qui nous présentent des garanties spéciales et notamment celle de l'assurance, un taux égal au revenu que nous rapporte à nous-mêmes le portefeuille que nous avons en mains, c'est-à-dire le taux de la rente.

L'examen du rapport présenté au Parlement par la Commission de surveillance sur les opérations de la Caisse des Dépôts et Consignations en 1904, nous permet de répondre à l'honorable sénateur qu'en certaines circonstances la Commission de surveillance paraît s'écarter quelque peu de la manière de voir qu'il a exposée devant le Sénat.

Ladite Commission de surveillance n'a-t-elle pas pris, au cours de l'année 1904, une décision qui a eu pour conséquence de diminuer considérablement le revenu du fonds de réserve et de garantie des Caisses d'épargne ?

Au cours de cet exercice, il a été aliéné 1.833.227 francs de rente 3 0/0, qui faisaient partie du portefeuille dudit fonds de réserve et de garantie, et le produit de cette aliénation, soit 60 millions de francs, a été déposé purement et simplement, en compte courant, à la Banque de France, au titre de fonds non employés, ne rapportant par conséquent aucun intérêt. On a ainsi volontairement diminué le revenu annuel du fonds de réserve et de garantie de 1.833.227 francs.

Cette rente appartient maintenant aux Caisses d'épargne.

Ici, une observation s'impose.

La loi du 20 juillet 1895 sur les Caisses d'épargne stipule que les fonds provenant des déposants sont employés par la Caisse des Dépôts, sous la réserve des fonds jugés nécessaires pour assurer le service des remboursements. Et elle ajoute que les sommes non employées ne peuvent excéder 10 0/0 du montant des dépôts.

Ces sommes non employées sont placées, soit en compte courant au Trésor dans les mêmes conditions que les autres éléments de la dette flottante portant intérêt à 2 0/0, soit en dépôt à la Banque de France, ne rapportant aucun intérêt.

Mais en ce qui concerne le fonds de réserve et de garantie la loi n'a pas prévu et n'avait pas à prévoir le cas de *fonds non employés*, il est bien évident que la totalité du fonds de réserve et de garantie doit être employée en valeurs. Les sommes *déposées* à la Banque de France doivent donc être prélevées sur les fonds des Caisses d'épargne et non sur le fonds de réserve et de garantie.

Nous ne voulons pas nous appesantir sur les raisons qui ont pu motiver cette opération dont la conséquence est d'augmenter le revenu des fonds des Caisses d'épargne au détriment du fonds de réserve et de garantie et ce, dans des conditions non prévues par la loi ; mais il nous paraît que pour favoriser l'œuvre de l'habitation ouvrière qui peut donner, au point de vue social, les résultats les plus intéressants, augmenter la prospérité du pays en améliorant les conditions d'existence des travailleurs et augmenter par cela même la garantie des fonds déposés dans les Caisses de l'État, il nous paraît que pour réaliser ce but la Commission de surveillance pourrait réduire le taux fixé par elle pour les prêts directs.

Et qu'il nous soit permis de faire observer :

1° Que non seulement les capitaux employés en obligations négociables de sociétés d'habitations à bon marché ne sont pas à prélever sur les fonds des déposants, mais que leur montant ne pourra jamais être supérieur au cinquantième du montant des dépôts, puisque le fonds de réserve et de garantie ne dépassera jamais 10 0/0 du montant desdits dépôts ;

2° Que par série de cinq millions prêtés la différence d'intérêt annuel ne serait que de 25.000 francs si le taux était réduit à 2,50 0/0.

En ce qui concerne le risque de ce mode de placement, l'honorable M. Delatour disait au Sénat le 29 mai 1905 :

> Quand les prêts directs seront faits, il ne pourra certainement pas être question de les faire à un taux aussi réduit que celui de 2 0/0 parce qu'il y aura une prime de risque.

Mais cette prime de risque ne saurait atteindre 1 0/0 si l'on organise le service des prêts directs sur des bases sérieuses, en imposant certaines conditions aux sociétés emprunteuses, conditions que nous avons offertes au nom de la Société l'Habitation Moderne et que nous rappelons :

1° Transfert à la Caisse des Dépôts et Consignations du bénéfice des assurances temporaires sur la vie des actionnaires locataires de la Société (assurances contractées à la Caisse Nationale et ayant pour effet de garantir la somme restant due par lesdits actionnaires sur le prix de revient total de l'habitation destinée à devenir leur propriété) ;

2° Interdiction d'hypothéquer les immeubles de la Société jusqu'au complet amortissement des obligations émises en garantie des prêts consentis par la Caisse des Dépôts, lesdites obligations devant jouir à cet égard d'un droit de priorité hypothécaire qui pourrait être exceptionnellement exercé par la Caisse des Dépôts, aux frais de la Société, dans le cas de non-exécution par celle-ci des engagements souscrits ;

3° Interdiction d'attribuer à un sociétaire partie de l'actif social immobilier, sans en avoir, au préalable, sollicité l'autorisation de la Caisse des dépôts qui pourrait ainsi s'assurer que le capital actions reste toujours supérieur d'au moins un quart au montant du capital obligations.

D'autre part, l'engagement formel contracté par chaque actionnaire dans la limite de sa souscription, ne constitue-t-il pas une garantie des plus sérieuses, le sociétaire ayant prouvé, par le fait même de sa souscription, son désir d'épargne et de prévoyance ?

Enfin, reproduisant ici le texte de l'avant-dernier paragraphe de l'article 69 des statuts de l'Habitation Moderne, qui est ainsi conçu :

> L'Assemblée générale, appelée à statuer sur la liquidation, ne pourra attribuer l'actif qui resterait, après payement du passif et remboursement des dépôts et du capital-actions versé, qu'à une société constituée conformément aux prescriptions de la loi du 30 novembre 1894, ou, en cas d'impossibilité, au Comité des habitations à bon marché du département de la Seine. La délibération prise à cet égard devra être approuvée par le Ministre du Commerce.

nous disons que la valeur morale de cette disposition ne saurait être contestée ; ce texte pourrait au besoin, être complété, comme suit et faire l'objet d'une obligation à imposer à toutes les Sociétés emprunteuses :

> Mais toute attribution du surplus de l'actif ne pourra être faite qu'après prélèvement, tant sur la réserve légale que sur toutes réserves extraordinaires, d'une somme égale au cinquième des intérêts payés sur toutes avances faites à la Société pendant sa durée par la Caisse des Dépôts et Consignations (pour être portée au crédit du Fonds de réserve et de garantie des Caisses d'épargne), à titre d'indemnité, à raison du taux minime de l'intérêt stipulé pour les prêts consentis.

Pour toutes ces considérations, nous estimons que la Commission de surveillance pourrait, tout au moins pendant un certain nombre d'années, consentir le taux de faveur de 2.50 %.

ART. 7.

La Caisse d'assurances en cas de décès, instituée par la loi du 11 juillet 1868, est autorisée à passer, avec les acquéreurs ou les constructeurs de maisons à bon marché qui se libèrent du prix de leur habitation au moyen d'annuités, des contrats d'assurances temporaires ayant pour but de garantir à la mort de l'assuré, si elle survient dans la période d'années déterminée, le payement *de tout ou partie* des annuités restant à échoir.

Le chiffre maximum du capital assuré *est égal au prix de revient de l'habitation à bon marché. Si l'assurance est contractée au moyen d'une prime unique, dont le prêteur bénéficiaire fait l'avance à l'emprunteur, le chiffre maximum indiqué ci-dessus est augmenté de la prime unique nécessaire pour assurer à la fois ledit chiffre et cette dernière prime. La prime d'assurance sera versée directement à la Caisse nationale par le prêteur bénéficiaire lors de la souscription de l'assurance.*

Tout signataire d'une proposition d'assurance faite dans les conditions du paragraphe premier du présent article devra répondre aux questions et se soumettre aux constatations médicales qui lui seront prescrites par les polices. En cas de rejet de la proposition, la décision ne devra pas être motivée. L'assurance produira son effet dès la signature de la police.

La somme assurée sera, dans le cas du présent article, cessible en totalité dans les conditions fixées par les polices.

La durée du contrat devra être fixée de manière à ne reporter aucun payement éventuel de prime après l'âge de 65 ans.

Sur ce point spécial, nous nous permettrons d'insister quelque peu.

Le texte ci-dessus nous donne entière satisfaction, et si nous avons demandé avec tant de persévérance la modification radicale de l'ancien article 7, c'est non seulement parce que le texte nouveau constitue une des bases essentielles du fonctionnement de notre Société, mais aussi parce qu'il n'y aura qu'à se féliciter d'une réforme qui tend, en fait, à l'extension d'un service d'État et, par conséquent, à la suppression partielle du monopole dont abusent les Compagnies d'assurances françaises et étrangères.

La Caisse des Dépôts et Consignations avait primitivement soumis la disposition suivante à la Commission du Sénat :

> Le chiffre maximum du capital assuré ne pourra pas dépasser la somme déduite du taux de capitalisation de 4,27 °/₀ appliqué au revenu net énoncé à l'article 5, sauf quand l'assurance temporaire sera contractée au moyen d'une prime unique et que le prêteur bénéficiaire de l'assurance fera l'avance de cette prime ; dans ce cas le maximum indiqué ci-dessus sera augmenté de la prime unique nécessaire pour assurer la dette totale de l'emprunteur. Cette prime sera versée directement à la Caisse Nationale lors de la souscription de l'assurance par le prêteur bénéficiaire.

Mais sur notre intervention personnelle, M. Delatour, conseiller d'État, directeur général de la Caisse des Dépôts et Consignations, accepta le principe de l'extension des services de la Caisse Nationale d'assurance en cas de décès à toutes les habitations ayant le caractère légal d'habitations à bon marché et proposa à la Commission du Sénat, qui l'approuva, le texte que nous avions soumis à son appréciation.

Le système d'assurance temporaire avec paiement d'une prime unique au début de l'opération a été mis en vigueur en Belgique à la suite de l'arrêté royal du 21 septembre 1904, approuvant une délibération du Conseil général de la Caisse Générale d'Épargne et de Retraite, en date du 14 juillet 1904 ; il présente certains avantages, mais nous croyons devoir préconiser, pour faciliter le fonctionnement des Sociétés, le mode d'assurance temporaire par paiement de primes correspondantes au risque, c'est-à-dire généralement décroissantes. A part la facilité financière résultant de l'avance du montant de la prime unique, notre mode d'assurance présente les mêmes avantages.

En effet, il y a sécurité pour la société de construction, sécurité pour l'établissement qui consent un prêt en vue de la construction de l'habitation et certitude, pour le sociétaire, qu'au moment de son décès, son conjoint, ses enfants ou ayants droit deviendront non seulement propriétaires de la maison, sans avoir rien à verser, mais auront aussi à encaisser une certaine somme représentant les mensualités versées depuis le dernier paiement de prime jusqu'au décès. Cette somme pourra être relativement importante si le décès se produit vers la fin de l'année d'assurance.

Nous aurions voulu voir adopter l'adjonction suivante :

L'État pourra prendre à sa charge une partie des primes annuelles jusqu'à concurrence du crédit ouvert chaque année au budget du Ministère du Commerce, de l'Industrie et du Travail par la loi de finances.

Le principe de cette participation de l'État est emprunté à la proposition de 1892 de M. Jules Siegfried.

Il nous semble que les acquéreurs d'habitations à bon marché qui contractent une assurance temporaire à la Caisse Nationale d'assurance peuvent participer aux subsides répartis par l'État, car le payement de cette prime d'assurance, — dont le prix moyen annuel est d'environ 0 fr. 74 °/₀ de la valeur de l'habitation, — qui vient s'ajouter au loyer et à l'amortissement, constitue un sacrifice de prévoyance relativement très élevé.

Depuis quelques années un crédit annuel est ouvert au budget du Ministère du Commerce, de l'Industrie et du Travail pour être réparti entre les Associations ouvrières de production.

La valeur de cet exemple rend toute discussion superflue sur le principe du concours de l'État.

Et en ce qui concerne les œuvres de mutualité, auxquelles huit millions de francs sont annuellement accordés sous des titres divers, qu'il nous soit permis de faire une comparaison.

L'adhérent à une société de secours mutuels verse à capital abandonné, sans songer à sa femme et à ses enfants, alors que le sociétaire acquéreur d'une habitation à bon marché, qui a contracté une assurance en cas de décès, a pensé à ceux qui lui survivront : conjoint, enfants, vieux parents, tenant à ce qu'ils profitent du fruit de ses économies.

Le premier a raison sans doute, et il agit avec une prévoyante louable ; mais son mobile peut être attribué à un sentiment d'égoïsme.

Le mérite moral du second est très grand, il pratique une forme de prévoyance supérieure à l'épargne, il accomplit un acte désintéressé pour songer aux personnes qui ont droit à ses affections et leur continuer, après sa mort, partie du bien-être dont son travail est la base.

C'est de l'altruisme qui doit être encouragé !

De plus, le concours de l'État ne constituerait pas une obligation ; ce serait une simple faculté, dont il pourrait user plus ou moins, suivant les disponibilités du budget.

ART. 8.

Lorsqu'une maison individuelle, construite dans les conditions édictées par la présente loi, figure dans une succession et que cette maison est occupée au moment du décès de l'acquéreur ou du constructeur par le défunt, son conjoint ou l'un de ses enfants, il est dérogé aux dispositions du Code civil, ainsi qu'il est dit ci-après :

1° Si le conjoint survivant est copropriétaire de la maison, au moins pour la moitié, et s'il l'habite au moment du décès, l'indivision peut, à sa demande, être maintenue pendant cinq ans à partir du décès et continuée ensuite de cinq ans en cinq ans jusqu'à son propre décès.

Si la disposition de l'alinéa précédent n'est point appliquée et si le défunt laisse des descendants, l'indivision peut être maintenue, à la demande du conjoint ou de l'un de ses descendants, pendant cinq années à partir du décès.

Dans le cas où il se trouve des mineurs parmi les descendants, l'indivision peut être continuée pendant cinq années à partir de la majorité de l'aîné des mineurs, sans que sa durée totale puisse, à moins d'un consentement unanime, excéder dix ans.

Dans ces divers cas, le juge de paix prononce le maintien ou la continuation de l'indivision après avis du Conseil de famille s'il y a lieu.

2° Chacun des héritiers et le conjoint survivant, s'il a un droit de copropriété, a la faculté de reprendre la maison sur estimation. — Lorsque plusieurs intéressés veulent user de cette faculté, la préférence est accordée d'abord à celui que le défunt a désigné, puis à l'époux, s'il est copropriétaire pour moitié au moins. Toutes choses égales, la majorité des intéressés décide. A défaut de majorité, il est procédé par voie de tirage au sort. — S'il y a contestation sur l'estimation de la maison, cette estimation est faite par le Comité *de patronage* et homologuée par le juge de paix. — Si l'attribution de la maison doit être faite par la majorité ou par le sort, les intéressés y procèdent sous la présidence du juge de paix qui dresse procès-verbal des opérations.

Les dispositions du présent article sont applicables à toute maison, quelle que soit la date de sa construction, dont la valeur locative n'excédera pas les limites fixées par l'article 5.

ART. 9.

Sont affranchies de la contribution foncière et de la contribution des portes et fenêtres les maisons individuelles ou collectives destinées à être louées ou vendues et celles construites par les intéressés eux-mêmes pourvû qu'elles remplissent les conditions *prévues* par l'article 5. Cette exemption sera d'une durée de douze années, à compter de l'achèvement de la maison. Elle cesserait de plein droit si, par suite de transformations ou d'agrandissements, l'immeuble perdait le caractère d'une habitation à bon marché et acquérait une valeur sensiblement supérieure au maximum légal.

Pour être admis à jouir du bénéfice de la présente loi, on devra produire, dans les formes et les délais fixés par l'article 9, paragraphe 3, de la loi du 8 août 1890, une demande qui sera instruite et jugée, comme les réclamations pour décharge et réduction de contributions directes. Cette demande pourra être formulée dans la déclaration exigée, par le même article de ladite loi, de tout propriétaire ayant l'intention d'élever une construction passible de l'impôt foncier.

Les parties des bâtiments dont il est question au présent article destinées à l'habitation personnelle donneront lieu, conformément à l'article 2 de la loi du 4 août 1844, à l'augmentation du contingent départemental dans la contribution personnelle-mobilière, à raison du vingtième de leur valeur locative réelle, à dater de la troisième année de l'achèvement des bâtiments, comme si ces bâtiments ne jouissaient que de l'immunité ordinaire d'impôt foncier accordée par l'article 88 de la loi du 3 frimaire an VII aux maisons nouvellement construites ou reconstruites.

Sont exemptées de la taxe établie par l'article premier de la loi du 20 février 1849, dans les termes de la loi du 14 décembre 1875 et par dérogation à l'article 2 de la loi du 31 mars 1903, les Sociétés, qu'elle qu'en soit la forme, qui ont pour objet exclusif la construction et la vente des maisons auxquelles s'applique la présente loi.

La taxe continuera à être perçue pour les maisons exploitées par la Société ou mises en location par elle.

La durée de l'exonération des contributions foncières et des portes et fenêtres est ainsi élevée de cinq à douze années. C'est un avantage des plus appréciables qui a été consenti par le législateur et qui facilitera dans une large mesure l'édification d'habitations à bon marché.

Art. 10

Les actes constatant la vente de maisons individuelles *à bon marché,* construites par les bureaux de bienfaisance et d'assistance, hospices *ou hôpitaux, les Caisses d'épargne,* les Sociétés *de construction ou par des particuliers, sont soumis aux droits de mutation établis par les lois en vigueur.*

Toutefois, lorsque le prix aura été stipulé payable par annuités, la perception de ce droit pourra, sur la demande des parties, être effectuée en plusieurs fractions égales, sans que le nombre de ces fractions puisse excéder celui des annuités prévues au contrat ni être supérieur à cinq. Il sera justifié par un certificat du maire de la commune de la situation que l'immeuble a été reconnu exempt de l'impôt foncier, par application des articles 5 et 9, ou que, tout au moins, une demande d'exemption a été formée dans les conditions prévues par ces articles. Ce certificat sera délivré sans frais, en double original, dont l'un sera annexé au contrat de vente et l'autre déposé au bureau de l'enregistrement, lors de l'accomplissement de la formalité.

4

Le payement de la première fraction du droit aura lieu au moment où le contrat sera enregistré ; les autres fractions seront exigibles d'année en année et seront acquittées dans le trimestre qui suivra l'échéance de chaque année, de manière que la totalité du droit soit acquittée dans l'espace de quatre ans et trois mois au maximum, à partir du jour de l'enregistrement du contrat.

Si la demande d'exemption d'impôt foncier qui a motivé le fractionnement de la perception vient à être définitivement rejetée, les droits non encore acquittés seront immédiatement recouvrés.

Dans le cas où, par anticipation, l'acquéreur se libérerait entièrement du prix avant le payement intégral du droit, la portion restant due deviendrait exigible dans les trois mois du règlement définitif. Les droits seront dus solidairement par l'acquéreur et le vendeur.

L'enregistrement des actes visés au présent article sera effectué dans les délais fixés et, le cas échéant, sous les peines édictées par les lois en vigueur. Tout retard dans le payement de la seconde fraction ou des fractions subséquentes des droits rendra immédiatement exigible la totalité des sommes restant dues au Trésor. Si la vente est résolue avant le payement complet des droits, les termes acquittés ou échus depuis plus de trois mois demeureront acquis au Trésor ; les autres tomberont en non-valeur.

La résolution volontaire ou judiciaire du contrat ne donnera ouverture qu'au droit fixe de trois francs (3 fr.).

En ce qui concerne notre Société, les immeubles continueront à être attribués aux sociétaires à titre de lotissement en représentation de leur part dans l'actif social ; cette attribution n'est passible que du droit de partage de 0,25 0/0 au lieu du droit de mutation de 7 0/0. La Société est dans chacun des cas dissoute au regard de l'associé qui se retire. Dès lors, l'associé a un droit direct et immédiat de copropriété sur les biens sociaux, et l'attribution qui lui en est faite en représentation de ses actions ne constitue pas une aliénation (art. 529 du Code civil).

ART. 11.

Les actes nécessaires à la constitution et à la dissolution des associations de construction ou de crédit actuellement existantes ou à créer telles qu'elles sont définies dans la présente loi sont dispensés du timbre et enregistrés gratis, s'ils remplissent les conditions prévues par l'article 68, paragraphe 3, n° 4, de la loi du 22 frimaire an VII. Les pouvoirs en vue de la représentation aux assemblées générales sont dispensés du timbre. *Ces Sociétés sont exonérées des droits de timbre pour leurs titres d'actions et d'obligations. Toutefois elles restent soumises au droit de timbre-quittance ;* établi par l'article 18 de la loi du 23 août 1871.

ART. 12.

Les mêmes Sociétés sont dispensées de toute patente et de l'impôt sur le revenu attribué aux actions, parts d'intérêts et obligations.

L'exemption de l'impôt sur le revenu ne s'appliquait antérieurement qu'aux actions et seulement pour les sociétaires dont le capital versé n'excédait pas 2.000 francs.

ART. 13.

Les Sociétés ne seront admises au bénéfice de ces diverses faveurs qu'autant que leurs statuts approuvés par le ministre du Commerce, de l'Industrie et du Travail, sur les avis du comité de patronage et du conseil supérieur institué par l'article 14, limiteront leurs dividendes annuels à un chiffre maximum. Toutefois ces avis ne seront pas nécessaires lorsque les statuts seront conformes aux statuts types arrêtés par le ministre du Commerce de l'Industrie et du Travail, après avis du comité permanent.

L'approbation pourra être retirée dans la même forme, s'il est établi après enquête que les Sociétés font des opérations de construction ou de crédit sur des maisons qui ne répondent pas aux conditions prévues par la présente loi.

Les Sociétés actuellement existantes jouiront, au même titre que celles qui se fonderont après la promulgation de la loi, des faveurs et immunités qu'elle concède, à la condition de modifier leurs statuts, le cas échéant, conformément à ses prescriptions.

ART. 14.

Il est constitué, auprès du ministre du Commerce, de l'Industrie et du Travail, un conseil supérieur des habitations à bon marché auquel doivent être soumis tous les règlements à faire en vertu de la présente loi et, d'une façon générale, toutes les questions concernant les logements économiques.

Les comités de patronage lui adresseront, chaque année, dans le courant de janvier, un rapport détaillé sur leurs travaux. Le conseil supérieur en donnera le résumé, avec ses observations, dans un rapport d'ensemble adressé au Président de la République.

ART. 15.

Un règlement d'administration publique détermine les mesures propres à assurer l'application des dispositions qui précèdent, et notamment : 1° l'organisation et le fonctionnement du conseil supérieur des habitations à bon marché et des comités de patronage ; 2° les dispositions que doivent contenir les statuts des Sociétés de construction et de crédit, pour que ces Sociétés puissent bénéficier des faveurs de la loi ; 3° les conditions dans lesquelles la caisse d'assurance en cas de décès peut organiser des assurances temporaires ; 4° la procédure à suivre pour l'application de l'article 8.

ART. 16.

Les emplois en valeurs locales autorisés par l'article 10 de la loi du 20 juillet 1895 sont étendus : 1° aux actions des Sociétés visées à l'article 6, pourvu que les actions ainsi acquises soient entièrement libérées et ne puissent dépasser les deux tiers du capital social ; 2° à des prêts hypothécaires, amortissables par annuités, au profit de particuliers désireux d'acquérir ou de construire des habitations à bon marché, dans les termes de la présente loi.

Les diverses facultés d'emplois de fonds prévues pour les habitations à bon marché par l'article 10 de la loi du 20 juillet 1895 et par le présent article s'appliqueront dans les mêmes conditions : 1° pour les jardins ouvriers dont la contenance n'excédera pas 10 ares ; 2° pour l'établissement de bains-douches destinés aux personnes visées à l'article premier.

Les Caisses d'épargne ont bien peu suivi le mouvement indiqué par l'article 10 de la loi du 20 juillet 1895 qui les autorise :

...à employer la totalité du revenu de leur fortune personnelle et le cinquième du capital de cette fortune en acquisition ou construction d'habitations à bon marché, en prêts hypothécaires aux Sociétés de construction ou aux Sociétés de crédit, qui ne les construisant pas elles-mêmes, ont pour objet d'en faciliter la construction, et en obligations de ces Sociétés.

Sur 548 Caisses d'épargne, 34 sont entrées dans cette voie ; au 31 décembre 1905, leurs opérations ne s'élevaient qu'à 3.582.621 fr. 60 c., dont : 2.345.253 fr. 95 c. employés à l'achat ou à la construction d'habitations à bon marché, 1.036.682 fr. 13 c. employés en prêts hypothécaires aux Sociétés d'habitations à bon marché et 200.685 fr. 52 c. employés en obligations des dites Sociétés.

Et cependant la fortune personnelle des Caisses d'épargne — constituée par les souscriptions, dons, legs et subventions, par les bonifications résultant de la retenue opérée sur l'intérêt alloué par la Caisse des Dépôts et Consignations et par le produit de la prescription trentenaire — était, au 1er janvier 1905, de 160.914.487 fr. 56 c. produisant un revenu annuel moyen de 2,43 0/0.

Les Caisses d'épargne auraient donc pu affecter aux habitations à bon marché un capital de 32 millions de francs et un revenu annuel de près de 4 millions.

La Caisse d'épargne et de prévoyance de Paris entre dans le chiffre des prêts effectués pour la somme minime de 396.500 francs et cependant sa fortune personnelle, au 31 décembre 1905, s'élevait à 7.339.748 fr. 76 c. produisant un revenu annuel d'environ 2,50 0/0.

Sur les 396.500 francs ci-dessus, prêtés au taux de 3,25 0/0, supérieur de 0,75 0/0 au revenu moyen obtenu par la Caisse d'Épargne et de Prévoyance de Paris, il ne reste dû, par suite du jeu régulier de l'amortissement, que 345.775 francs.

Les Caisses d'épargne élargiront-elles le cercle de leurs interventions ? Il est permis d'en douter !

Art. 17.

La présente loi est applicable à l'Algérie.

Art. 18.

Les lois des 30 novembre 1894 et 31 mars 1896 sont abrogées.

Toutefois, elles restent applicables à toutes les habitations qui se trouvent actuellement en situation d'en bénéficier.

Modification à apporter à la loi de 1867 sur les Sociétés

L'article 49 de la loi du 24 juillet 1867, qui concerne les sociétés à capital variable, est ainsi conçu :

Le capital social ne pourra être porté par les statuts constitutifs de la Société au-dessus de la somme de deux cent mille francs.

Il pourra être augmenté par des délibérations de l'Assemblée générale, prises d'année en année ; chacune des augmentations ne pourra être supérieure à deux cent mille francs.

L'extension du mouvement coopératif nous incite à demander que ces Sociétés coopératives, à capital variable, puissent être constituées au capital de 500.000 fr. et que les augmentations annuelles puissent atteindre le chiffre de 500.000 francs.

La limite actuelle est véritablement trop faible et ne permet pas aux Sociétés de répondre aux besoins résultant de l'évolution économique constatée depuis quarante ans.

Cette faculté serait consentie non seulement en faveur des Sociétés coopératives d'habitations à bon marché, mais de toutes les Sociétés à capital variable.

L'HABITATION MODERNE

Société d'Épargne, de Prévoyance & d'Habitations à bon marché
du Personnel de la Préfecture de la Seine et des Administrations annexes

Siège social : 37, Avenue Félix-Faure, à Paris (15ᵉ)

But de la Société

La Société l'Habitation Moderne, dont nous allons analyser les statuts (1) et exposer le mode de fonctionnement, a été fondée le 14 mai 1905 ; elle a pour but de grouper tous les ouvriers, agents et employés des deux sexes appartenant à un titre quelconque au personnel de la Préfecture de la Seine et des administrations annexes (Assistance publique, Mont-de-Piété, Octroi, Régies municipales parisiennes, Services divers, etc.), en vue de leur procurer une habitation convenable et de leur permettre, si tel est leur désir, de devenir propriétaires de petites maisons individuelles.

La Société réalise son but :

1° Par la construction de petites maisons, possédant autant que possible une cour et un jardin, exemptées **pendant douze années** des contributions foncière et des portes et fenêtres ;

2° Par l'attribution desdites maisons aux actionnaires de la Société, en échange de leurs droits sociaux, après libération d'un nombre d'actions d'une valeur nominale égale à la valeur de l'habitation ;

3° Par l'attribution des dites maisons au conjoint, aux enfants ou aux ayants droit de tout actionnaire qui viendrait à décéder après être entré en jouissance d'une maison de la Société et qui aurait contracté une assurance en cas de décès ;

---

(1) Ces statuts ont été approuvés par le Ministère du Commerce et de l'Industrie, conformément à l'avis favorable émis par le Conseil supérieur des Habitations à bon marché.

4° **Par la construction** de grandes maisons à plusieurs logements ou appartements réunissant toutes les conditions de confort et d'hygiène et ne donnant lieu qu'à de simples locations.

En se préoccupant tout d'abord des maisons familiales, les administrateurs de la Société ont voulu que le sociétaire, en payant un prix en rapport avec son salaire normal, bien peu supérieur à celui qu'il acquitte actuellement comme simple locataire, ait pour lui et les siens la jouissance d'une habitation confortable, salubre, dont il puisse ultérieurement devenir le propriétaire ; les adhésions de la première heure ont démontré qu'ils sont nombreux ceux qui ont le vif désir d'être chez eux et qui préfèrent, à certaines jouissances de luxe qu'on peut trouver dans des maisons collectives, la perspective de ne plus avoir de loyer à payer.

Toutefois, la Société a l'intention d'édifier des maisons collectives à destination de ceux qui, pour une raison quelconque, ne voudraient ou ne pourraient habiter une maison individuelle et la prochaine assemblée générale des actionnaires sera appelée à prendre à cet égard toutes décisions utiles, tant pour la construction que pour la location d'une de ces maisons collectives, à Paris.

Actions.

Les actions sont de 100 francs, auxquels vient s'ajouter un droit d'entrée de 3 francs par action.

Le capital social pouvant être porté à 400.000 francs au cours de l'exercice 1906, la Société tient à la disposition des nouveaux adhérents :

des actions entièrement libérées au prix de 103 francs ;

et des actions libérables de la façon suivante : 13 francs au moment de la souscription, et le solde, à raison de 2 francs par mois, au minimum.

Grâce à ce mode de versement, tout sociétaire peut ainsi se constituer un capital en un certain nombre d'années, sans pour cela s'engager soit à habiter, soit à acquérir, une maison de la Société.

Dépôts

Pour faciliter la souscription de ses actions, la Société reçoit en simple dépôt des versements aussi minimes que le déposant désire, sans toutefois que chaque versement puisse être inférieur à 1 franc.

Elle bonifie aux déposants un intérêt égal au dividende de l'exercice, sous déduction de 1 0/0 pour ses frais généraux.

L'avoir d'un déposant est employé de plein droit à la souscription d'une action entièrement libérée aussitôt qu'il atteint la somme de 103 francs.

Les dépôts effectués par les actionnaires bénéficient d'un intérêt égal au dividende de l'exercice, sans aucune réduction.

Remboursement des actions et retrait des dépôts.

Le sociétaire et le déposant ont toujours le droit de demander le remboursement de tout ou partie de leurs actions ou de leurs dépôts.

Régime statutaire
des petites maisons individuelles.

Lorsque le sociétaire veut acquérir une maison, il faut, pour y avoir droit, qu'il ait versé sur l'ensemble de ses actions le dixième de la valeur de l'habitation qu'il désire.

Quand la totalité de ses versements a atteint par exemple 600 francs, c'est-à-dire la valeur de six actions, il échange celles-ci contre soixante actions libérées seulement d'un dixième et peut demander la construction d'une habitation d'une valeur égale au capital nominal de ses nouvelles actions, soit 6.000 francs.

Il fait connaître le terrain qu'il possède ou qu'il a en vue, car chacun peut choisir son terrain, à Paris ou en banlieue, et peut tenir compte des renseignements qui lui sont fournis par la Société, laquelle fait, s'il est nécessaire, des démarches auprès des propriétaires pour obtenir qu'ils cèdent leurs terrains au plus bas prix.

La construction de petites maisons salubres, gaies et claires, au sein de la grande agglomération parisienne, est encore possible, notamment par l'utilisation judicieuse des terrains de grande profondeur, et il ne faut pas oublier que l'Assistance Publique possède dans certains arrondissements de Paris des terrains dont elle tire actuellement un revenu dérisoire.

Le coût plus élevé des habitations pourrait faire craindre que les sociétaires soient incapables d'en supporter les charges ; mais cette objection disparaît devant ce fait que par compensation ils économiseront un temps considérable et la partie de leur salaire consacrée à des frais de transport.

La Société ne construira cependant que sur des terrains suffisamment secs, desservis par une voie classée, ou pouvant être mis en communication avec une voie classée, de façon à pouvoir écouler les eaux ménagères à l'égout et obtenir de l'eau potable.

Le terrain choisi et acquis, le sociétaire, d'après ses idées et guidé par la Société, choisit ou fait dresser un plan de la maison qu'il désire ; le plan achevé, approuvé, le cahier des charges dressé, le projet est soumis à des entrepreneurs choisis par le sociétaire et agréés par le Conseil d'administration, ou à des entrepreneurs ou associations ouvrières ayant déjà travaillé pour la Société.

Les plus bas prix sont acceptés et marché, plan et devis sont signés.

Le contrat mentionne une retenue de 10 0/0 sur le prix d'entreprise comme garantie de la bonne construction et du bon entretien et cela durant une année.

Cette somme n'est versée aux entrepreneurs que si, à l'expiration du délai, tout est en parfait état.

Si des travaux d'entretien ou de réparation sont nécessaires, que le locataire les signale, ou que la Société en ait connaissance directement, l'entrepreneur est invité à s'exécuter sans retard.

Ensuite, la Société travaille, de concert avec le locataire, à la conservation en bon état d'entretien et de réparations de la maison que l'insouciance pourrait laisser déprécier.

Loyer.

Des que les travaux sont terminés et que les formalités relatives à l'assurance en cas de décès ont été accomplies, la maison est louée au sociétaire avec promesse d'attribution, à raison de 3,25 0/0 de son prix de revient (terrain et construction).

Ce loyer est payable, par mois ou par quinzaine, à la volonté du locataire et à terme échu.

Si l'état prospère de la Société le permet, le taux du loyer peut être diminué de vingt-cinq centimes.

Charges et Assurance sur la vie.

Le sociétaire verse, en outre, *mais seulement à titre de provision*, une somme représentant 1,75 0/0 du dit prix de revient, destinée à faire face au paiement des impôts, des redevances, de la prime d'assurance contre l'incendie, de la prime d'assurance en cas de décès, — sur laquelle nous allons revenir — des frais de vidange ou d'écoulement à l'égout, des menues dépenses diverses et des frais d'entretien et de réparations de la maison.

Cette provision est payable dans les mêmes conditions que le loyer.

Un compte exact est tenu de toutes ces dépenses, et si elles ne s'élèvent pas à la quotité de 1,75 0/0 ci-dessus indiquée, la différence est portée au crédit du compte de dépôts de sociétaire ; mais si ces dépenses dépassent ladite quotité, le compte du dépôts du sociétaire est débité du surplus.

Dans le cas de rejet, par la Caisse nationale d'assurances, de la proposition d'assurance d'un sociétaire, la provision est maintenue à 1,75 0/0, mais la fraction de 0 fr. 75 0/0 est obligatoirement employée à la libération anticipée des actions appartenant au dit sociétaire.

Amortissement.

Quant aux 9/10mes restant dus sur les actions représentatives de la valeur de l'habitation, ils sont payables à raison de :

0 fr. 20 c. par mois et par action, si le sociétaire veut devenir propriétaire au bout de 21 ans ;

0 fr. 30 c. par mois et par action, s'il désire devenir propriétaire au bout de 16 ans et 2 mois ;

0 fr. 40 c. par mois et par action, s'il désire devenir propriétaire au bout de 13 ans et 3 mois.

C'est-à-dire : 2,40 0/0 de la valeur de la maison dans le

premier cas, 3,60 0/0 dans le second et 4.80 0/0 dans le troisième.

La période d'acquisition dépend, en effet, des versements mensuels et du taux des dividendes.

La Société remplit, à l'égard de ses actionnaires-locataires, à la fois le rôle d'un propriétaire qui loue sa maison à loyer simple et à prix fixe et d'un banquier qui fait fructifier les économies de ses locataires jusqu'à ce que le montant, avec les intérêts composés, atteigne le prix de l'habitation.

La séparation du loyer et du compte de dépôts permet au sociétaire de suivre exactement, sans complication de comptabilité, la marche de son amortissement.

Après la libération totale des actions, celles-ci sont annulées et les titres de propriété de la maison sont remis au sociétaire qui n'a par conséquent plus de loyer à payer.

Si un malheur de famille met le sociétaire dans l'impossibilité de faire face à ses obligations, au lieu d'avoir affaire à un propriétaire ne le connaissant pas, il a affaire à des camarades, à des associés ; ses intérêts sont toujours sauvegardés et aide lui est accordée.

Il peut profiter du produit des bonnes aubaines pour tâcher de se mettre un peu en avance sur ses payements, ce qui lui permet d'être en retard d'autant si la gêne survient.

Si cependant la fatalité l'oblige à abandonner sa maison, un autre sociétaire reprend son bail, la Société se charge de placer ses actions, qu'elle est autorisée à racheter si besoin est, et il retrouve ainsi l'argent versé par lui, augmenté des intérêts produits, sous réserve toutefois d'une petite indemnité pour le cas où la maison ne serait pas en très bon état.

Constitution du capital représentatif
de la valeur de l'habitation.

Les tableaux ci-après donnent le détail de la constitution d'un capital de 1.000 francs en 21 ans, en 16 ans 2 mois et en 13 ans 3 mois, à l'aide des éléments formant le mécanisme de la Société.

Acquisition en 21 ans.

Constitution d'un capital de **1.000 francs** par :

1º Un versement préalable de 100 francs ;
2º Les intérêts de ce versement ;
3º Une annuité de 24 francs, payable à raison de 2 francs par mois, valeur du 1er du mois suivant.

TAUX DE L'INTÉRÊT : **4** % (évaluation).

DÉSIGNATION des annuités	VERSEMENT préalable et annuités	INTÉRÊTS annuels du capital déjà constitué	INTÉRÊTS annuels provenant du mode de versements mensuels	TOTAL des versements et des intérêts annuels	CAPITAL constitué à la fin de chaque année
	fr. c.	fr. c.	fr. c.	fr. c.	fr. c.
	100 »	»	»	»	»
1re	24 »	4 »	» 44	28 44	128 44
2e	24 »	5 13	» 44	29 57	158 01
3e	24 »	6 32	» 44	30 76	188 77
4e	24 »	7 55	» 44	31 99	220 76
5e	24 »	8 83	» 44	33 27	254 03
6e	24 »	10 16	» 44	34 60	288 63
7e	24 »	11 54	» 44	35 98	324 61
8e	24 »	12 98	» 44	37 42	362 03
9e	24 »	14 48	» 44	38 92	400 95
10e	24 »	16 03	» 44	40 47	441 42
11e	24 »	17 65	» 44	42 09	483 51
12e	24 »	19 34	» 44	43 78	527 29
13e	24 »	21 09	» 44	45 53	572 82
14e	24 »	22 91	» 44	47 35	620 17
15e	24 »	24 80	» 44	49 24	669 41
16e	24 »	26 77	» 44	51 21	720 62
17e	24 »	28 82	» 44	53 26	773 88
18e	24 »	30 95	» 44	55 39	829 27
19e	24 »	33 17	» 44	57 61	886 88
20e	24 »	35 47	» 44	59 91	946 79
21e	24 »	37 87	» 44	62 31	1.009 10

Acquisition en 16 ans 2 mois.

Constitution d'un capital de **1.000 francs** par :

1º Un versement préalable de 100 francs ;
2º Les intérêts de ce versement ;
3º Une annuité de 36 francs, payable à raison de 3 francs par
mois, valeur du 1er du mois suivant.

TAUX DE L'INTÉRÊT : **4** %₀ (évaluation).

DÉSIGNATION des annuités	VERSEMENT préalable et annuités		INTÉRÊTS annuels du capital déjà constitué		INTÉRÊTS annuels provenant du mode de versements mensuels		TOTAL des versements et des intérêts annuels		CAPITAL constitué à la fin de chaque année	
	fr.	c.	fr.	c.	fr.	c.	fr.	c.	fr.	c.
	100	»								
1er	36	»	4	»	»	66	40	66	140	66
2e	36	»	5	62	»	66	42	28	182	94
3e	36	«	7	31	»	66	43	97	226	91
4e	36	»	9	07	»	66	45	73	272	64
5e	36	»	10	90	»	66	47	56	320	20
6e	36	»	12	80	»	66	49	46	369	66
7e	36	»	14	78	»	66	51	44	421	10
8e	36	»	16	4	»	66	53	50	474	60
9e	36	»	18	98	»	66	55	64	530	24
10e	36	»	21	20	»	66	57	86	588	10
11e	36	»	23	52	»	66	60	18	648	28
12e	36	»	25	93	»	66	62	59	710	87
13e	36	»	28	43	»	66	65	09	775	96
14e	36	»	31	03	»	66	67	69	843	65
15e	36	»	33	74	»	66	70	40	914	05
16e	36	»	36	56	»	66	73	22	987	27
2 mois	6	»	6	58	»		12	58	999	85

Acquisition en 13 ans 3 mois.

Constitution d'un capital de **1.000 francs** par :

1° Un versement préalable de 100 francs ;
2° Les intérêts de ce versement ;
3° Une annuité de 48 francs, payable à raison de 4 francs par mois, valeur du 1er du mois suivant.

TAUX DE L'INTÉRÊT : 4 % (évaluation).

DÉSIGNATION des annuités	VERSEMENT préalable et annuités	INTÉRÊTS annuels du capital déjà constitué	INTÉRÊTS annuels provenant du mode de versements mensuels	TOTAL des versements et des intérêts annuels	CAPITAL constitué à la fin de chaque année
	fr. c.	fr. c.	fr. c.	fr. c.	fr. c.
	100 »	»	»	»	»
1re	48 »	4 »	» 88	52 88	152 88
2e	48 »	6 11	» 88	54 99	207 87
3e	48 »	8 31	» 88	57 19	265 06
4	48 »	10 60	» 88	59 48	324 54
5e	48 »	12 98	» 88	61 86	386 40
6e	48 »	15 45	» 88	64 33	450 73
7e	48 »	18 03	» 88	66 91	517 64
8e	48 »	20 70	» 88	69 58	587 22
9e	48 »	23 48	» 88	72 36	659 58
10e	48 »	26 38	» 88	75 26	734 84
11e	48 »	29 39	» 88	78 27	813 11
12e	48 »	35 52	» 88	81 40	894 51
13e	48 »	35 78	» 88	84 66	979 17
3 mois	12 »	9 79	»	21 79	1.000 96

ASSURANCE EN CAS DE DÉCÈS

En cas de décès du sociétaire assuré, il n'y a plus à craindre que le conjoint, ou les enfants, n'étant pas à même de continuer l'exécution des engagements contractés par lui, la Société se trouve dans la cruelle nécessité de résilier le contrat et de leur faire perdre ainsi le fruit de leur travail et de leurs économies.

L'assurance prévient ce danger ; par elle, la propriété du foyer domestique, péniblement acquis, fruit de toute une vie de labeur et de l'épargne accumulée, est garantie.

Par cette assurance, le sociétaire a la certitude que s'il vient à mourir avant d'avoir pu payer entièrement le prix de son habitation, les sommes restant à verser au moment de son décès seront payées à la Société par la *Caisse Nationale d'assurance en cas de décès*, gérée par la Caisse des dépôts et consignations. alors même que le décès surviendrait le lendemain du jour où l'assurance aurait été contractée.

Son conjoint et ses enfants ou ayants droit se trouveront donc ainsi propriétaires de la maison d'une façon définitive, sans avoir rien à verser.

L'obligation de contracter une assurance est absolue, sauf dans le cas de force majeure suivant : lorsque la proposition d'assurance est rejetée par la Caisse nationale d'assurance, à la suite des résultats de l'examen médical.

I. — Capital à assurer. — Les trois tableaux de la page suivante déterminent la somme qu'il y a lieu d'assurer annuellement, par 1.000 francs d'habitation, pour chacun des modes d'acquisition en 21 ans, 16 ans 2 mois, et 13 ans 3 mois.

Comme il n'est pas nécessaire de faire encaisser par la société, au décès de l'actionnaire-locataire, le prix total de la maison, mais seulement ce qui restera dû sur sa valeur, le problème est simplifié par le type d'assurance que nous avons adopté : au fur et à mesure que les chances de mort augmentent pour l'assuré, de la première à la vingt et unième, ou à la seizième, ou à la treizième année, au fur et à mesure aussi diminue la somme que la Caisse nationale d'assurance devra éventuellement payer à son décès.

Capital à assurer

pour une habitation de **1000 francs**.

ACQUISITION en 21 ans

DÉSIGNATION des primes	CAPITAL constitué lors du paiement des primes (1)	CAPITAL à assurer
	fr. c.	fr. c.
1ᵉ	100 »	900 »
2ᵉ	128 44	871 56
3ᵉ	158 01	842 99
4ᵉ	188 77	811 23
5ᵉ	220 76	779 24
6ᵉ	254 03	745 97
7ᵉ	288 63	711 37
8ᵉ	324 61	675 39
9ᵉ	362 03	637 97
10ᵉ	400 95	599 05
11ᵉ	441 42	558 58
12ᵉ	483 51	516 49
13ᵉ	527 29	472 71
14ᵉ	572 82	427 18
15ᵉ	620 17	379 83
16ᵉ	669 41	330 59
17ᵉ	720 62	279 38
18ᵉ	773 88	226 12
19ᵉ	829 27	170 73
20ᵉ	886 88	113 12
21ᵉ	946 79	53 21

ACQUISITION en 13 ans 3 mois

DÉSIGNATION des primes	CAPITAL constitué lors du paiement des primes (2)	CAPITAL à assurer
	fr. c.	fr. c.
1ᵉ	100 »	900 »
2ᵉ	140 66	859 34
3ᵉ	182 94	817 06
4ᵉ	226 91	773 09
5ᵉ	272 64	727 36
6ᵉ	320 20	679 80
7ᵉ	369 66	630 34
8ᵉ	421 10	578 90
9ᵉ	474 60	525 40
10ᵉ	530 24	469 76
11ᵉ	588 10	411 90
12ᵉ	648 28	351 72
13ᵉ	710 87	289 13
14ᵉ	775 96	224 04
15ᵉ	843 65	156 35
16ᵉ	914 05	85 95
17ᵉ	987 27	12 73

ACQUISITION en 16 ans 2 mois

DÉSIGNATION des primes	CAPITAL constitué lors du paiement des primes (3)	CAPITAL à assurer
	fr. c.	fr. c.
1ᵉ	100 »	900 »
2ᵉ	152 88	847 12
3ᵉ	207 87	792 13
4ᵉ	265 06	734 94
5ᵉ	324 54	675 46
6ᵉ	386 40	613 60
7ᵉ	450 73	549 27
8ᵉ	517 64	482 36
9ᵉ	587 22	412 78
10ᵉ	659·58	340 42
11ᵉ	734 84	265 16
12ᵉ	813 11	186 89
13ᵉ	894 51	105 49
14ᵉ	979 17	20 83

Ces chiffres résultent de l'application des bases suivantes et de la fixation du taux de l'intérêt à 4 °/₀.

Les 100 francs préalablement versés et les intérêts de cette somme viennent constituer, concurremment avec un versement mensuel de 2 francs (valeur du 1ᵉʳ du mois suivant), le capital de 1,000 francs représentant la valeur de l'habitation.

(1) Voir page 36.
(2) Voir page 37.
(3) Voir page 38.

II. — Détermination du montant des primes. —

Enfin, il y avait lieu de fixer d'une manière précise le coût de cette assurance ; c'est ce qui a été fait en basant les calculs sur le tarif spécial dressé par la Caisse Nationale d'assurance en cas de décès, d'après les tables de ·Deparcieux, et en établissant le montant des primes annuelles pour les trois modes d'acquisition et pour tous les âges, c'est-à-dire :

pour les sociétaires âgés de 21 à 45 ans, qui acquerront une habitation en 21 ans ;

pour les sociétaires âgés de 21 à 49 ans, qui acquerront une habitation en 16 ans 2 mois ;

pour les sociétaires âgés de 21 à 52 ans, qui acquerront une habitation en 13 ans 3 mois ;

Aucun payement éventuel de prime ne devant avoir lieu après l'âge de 65 ans, les sociétaires âgés de plus de 52 ans, devront adopter un mode d'acquisition d'une durée inférieure à 13 ans ; les primes seront alors spécialement déterminées dans chaque cas.

La moyenne de ces primes, qui est de 0 fr. 743 0/0, a permis d'évaluer à 0 fr. 75 0/0 du prix de revient de l'habitation la partie de la provision affectée au payement de cette prime.

Il résulte du tableau ci-après, relatif au premier mode d'acquisition, que les sociétaires qui entreront en jouissance d'une habitation avant l'âge de 37 ans, auront à payer une prime moyenne inférieure à cette évaluation.

Le tableau suivant, afférent au second mode d'acquisition, démontre que les sociétaires qui entreront en jouissance d'une habitation avant l'âge de 40 ans, auront également à payer une prime moyenne inférieure à ladite évaluation.

Enfin, on voit dans le dernier tableau concernant le mode d'acquisition en 13 ans 3 mois, que les sociétaires ne payeront une prime supérieure à l'évaluation que lorsqu'ils entreront en jouissance d'une habitation après l'âge de 41 ans.

Acquisition en 21 ans.

Primes annuelles de l'assurance en cas de décès pour une habitation de **1.000 francs**,

AGE DE L'ASSURÉ AU MOMENT ET MONTANT DE — DE LA SIGNATURE DU CONTRAT

PRIMES ANNUELLES

DÉSIGNATION DES PRIMES	MONTANT du CAPITAL assuré	21 à 22 ans	22 à 23 ans	23 à 24 ans	24 à 25 ans	25 à 26 ans	26 à 27 ans	27 à 28 ans	28 à 29 ans	29 à 30 ans	30 à 31 ans	31 à 32 ans
	fr. c.	fr. c.	fr. c.	fr. c.	fr. c.	fr. c.	fr. c.	fr. c.	fr. c.	fr. c.	fr. c.	fr. c.
1e	900 »	9 51	9 61	9 71	9 81	9 90	10 01	10 12	10 23	10 34	10 45	10 57
2e	871 56	9 36	9 40	9 50	9 59	9 70	9 80	9 90	10 01	10 12	10 24	10 35
3e	842 99	9 09	9 18	9 28	9 38	9 48	9 58	9 68	9 79	9 90	10 01	10 12
4e	811 23	8 84	8 93	9 02	9 12	9 22	9 32	9 42	9 53	9 63	9 74	9 85
5e	779 24	8 57	8 67	8 76	8 85	8 95	9 05	9 15	9 25	9 35	9 46	9 57
6e	745 97	8 30	8 39	8 48	8 57	8 66	8 76	8 86	8 95	9 06	9 16	8 60
7e	711 37	8 »	8 08	8 17	8 26	8 35	8 45	8 54	8 64	8 74	8 20	7 82
8e	675 39	7 67	7 75	7 84	7 93	8 02	8 10	8 20	8 29	7 87	7 42	7 51
9e	637 97	7 33	7 41	7 49	7 57	7 66	7 75	7 84	7 43	7 01	7 00	7 16
10e	599 05	6 96	7 03	7 11	7 19	7 27	7 36	6 98	6 58	6 66	6 72	6 79
11e	558 58	6 56	6 03	6 70	6 78	6 86	6 54	6 14	6 21	6 27	6 33	6 41
12e	516 49	6 13	6 20	6 27	6 34	6 02	5 68	5 74	5 70	5 86	5 92	5 99
13e	472 71	5 67	5 74	5 80	5 51	5 19	5 25	5 30	5 36	5 42	5 48	5 54
14e	427 18	5 19	5 25	4 98	4 09	4 75	4 79	4 84	4 90	4 95	5 01	5 06
15e	379 83	4 66	4 42	4 17	4 22	4 26	4 31	4 36	4 40	4 45	4 50	4 88
16e	330 59	3 85	3 03	3 67	3 71	3 75	3 79	3 83	3 87	3 92	4 24	4 59
17e	270 38	3 07	3 10	3 13	3 17	3 20	3 24	3 27	3 31	3 58	3 87	4 17
18e	226 12	2 51	2 53	2 56	2 59	2 62	2 65	2 68	2 90	3 13	3 87	3 62
19e	170 73	1 91	1 93	1 95	1 98	2 »	2 02	2 19	2 36	2 55	2 74	2 93
20e	113 12	1 28	1 29	1 31	1 32	1 34	1 45	1 56	1 69	1 81	1 94	2 18
21e	53 21	0 61	0 61	0 62	0 63	0 68	0 73	0 79	0 85	0 91	1 02	1 09
Total des primes		125 07	125 78	126 52	127 21	127 88	128 60	129 39	130 34	131 53	133 »	134 89
Moyen. des primes		5 95	5 99	6 02	6 05	6 09	6 14	6 18	6 20	6 26	6 35	6 42

DÉSIGNATION DES PRIMES	32 à 33 ans	33 à 34 ans	34 à 35 ans	35 à 36 ans	36 à 37 ans	37 à 38 ans	38 à 39 ans	39 à 40 ans	40 à 41 ans	41 à 42 ans	42 à 43 ans	43 à 44 ans	44 à 45 ans
	fr. c.	fr. c.	fr. c.	fr. c.	fr. c.	fr. c.	fr. c.	fr. c.	fr. c.	fr. c.	fr. c.	fr. c.	fr. c.
1e	10 69	10 80	10 93	11 06	10 49	9 90	10 »	10 10	10 21	10 33	10 44	10 55	10 07
2e	10 46	10 58	10 71	10 16	9 58	9 69	9 78	9 89	10 »	10 11	10 22	10 33	11 19
3e	10 24	10 36	9 82	9 27	9 37	9 46	9 56	9 67	9 77	9 88	9 99	10 83	11 70
4e	9 07	9 45	8 92	9 02	9 11	9 20	9 31	9 41	9 51	9 62	10 42	11 25	12 11
5e	9 08	8 57	8 66	8 75	8 84	8 94	9 03	9 14	9 24	10 01	10 81	11 64	12 50
6e	8 20	8 29	8 37	8 46	8 56	8 65	8 75	8 84	9 58	10 35	11 14	11 97	12 83
7e	7 91	7 98	8 07	8 16	8 25	8 34	8 43	9 14	9 87	10 62	11 41	12 23	13 74
8e	7 58	7 66	7 75	7 83	7 92	8 01	8 67	9 37	10 09	10 84	11 01	13 04	13 92
9e	7 24	7 32	7 40	7 48	7 56	8 19	8 85	9 58	10 23	10 97	12 32	13 15	13 41
10e	6 87	6 94	7 02	7 10	7 09	8 31	8 94	9 61	10 30	11 57	*12 35	12 50	13 43
11e	6 47	6 55	6 62	7 17	7 75	8 34	8 96	9 60	10 79	11 51	11 74	12 52	13 34
12e	6 05	6 12	6 63	7 18	7 71	8 28	8 88	9 97	10 65	10 86	11 55	12 34	12 63
13e	5 60	6 07	6 56	7 06	7 58	8 13	9 13	9 74	9 94	10 60	11 30	11 56	12 32
14e	5 48	5 92	6 38	6 85	7 34	8 25	8 80	8 98	9 58	10 21	10 44	11 14	11 87
15e	5 27	5 67	6 09	6 53	7 33	7 83	7 98	8 51	9 08	9 29	9 90	10 56	10 84
16e	4 93	5 30	5 68	6 38	6 81	6 95	7 41	7 00	8 13	8 62	9 19	9 44	9 70
17e	4 48	4 80	5 39	5 76	5 87	6 27	6 67	6 83	7 28	7 76	7 97	8 19	8 43
18e	3 88	4 36	4 66	4 75	5 07	5 40	5 53	5 89	6 28	6 45	6 63	6 82	7 20
19e	3 29	3 52	3 59	3 82	4 08	4 17	4 45	4 74	4 87	5 01	5 15	5 30	5 89
20e	2 33	2 37	2 53	2 70	2 70	2 95	3 14	3 23	3 32	3 41	3 65	3 90	4 03
21e	1 11	1 19	1 27	1 30	1 38	1 47	1 51	1 56	1 60	1 71	1 83	1 89	2 03
Total des primes	137 13	139 82	143 05	146 77	151 05	156 73	163 78	171 85	180 32	189 73	200 06	211 44	223 87
Moyen. des primes	6 57	6 65	6 82	6 98	7 19	7 46	7 79	8 17	8 58	9 03	9 53	10 06	10 66

Acquisition en 16 ans 2 mois.

Primes annuelles de l'assurance en cas de décès pour une habitation de **1.000 francs**.

AGE DE L'ASSURÉ AU MOMENT DE LA SIGNATURE DU CONTRAT ET MONTANT DES PRIMES ANNUELLES

DÉSIGNATION DES PRIMES	MONTANT du CAPITAL assuré	21 à 22 ans	22 à 23 ans	23 à 24 ans	24 à 25 ans	25 à 26 ans	26 à 27 ans	27 à 28 ans	28 à 29 ans	29 à 30 ans	30 à 31 ans	31 à 32 ans	32 à 33 ans	33 à 34 ans
	fr. c.	fr. c.	fr. c.	fr. c.	fr. c.	fr. c.	fr. c.	fr. c.	fr. c.	fr. c.	fr. c.	fr. c.	fr. c.	fr. c.
1°	900 »	9 51	9 61	9 71	9 81	9 90	10 01	10 12	10 23	10 34	10 45	10 57	10 69	10 80
2°	859 34	9 17	9 27	9 36	9 46	9 56	9 66	9 77	9 87	9 98	10 09	10 20	10 32	10 44
3°	817 06	8 81	8 90	8 99	9 09	9 19	9 28	9 38	9 49	9 60	9 70	9 81	9 92	10 04
4°	773 09	8 42	8 51	8 60	8 69	8 79	8 88	8 98	9 08	9 18	9 28	9 39	9 50	9 01
5°	727 36	8 »	8 09	8 18	8 27	8 35	8 48	8 54	8 64	8 73	8 83	8 93	8 48	8 »
6°	679 80	7 56	7 64	7 72	7 81	7 89	7 98	8 07	8 16	8 25	8 35	7 92	7 47	7 56
7°	630 34	7 09	7 16	7 24	7 32	7 40	7 48	7 57	7 65	7 74	7 35	6 93	7 »	7 07
8°	578 90	6 58	6 65	6 72	6 80	6 87	6 95	7 03	7 11	6 74	6 36	6 43	6 50	6 57
9°	525 40	6 03	6 09	6 17	6 24	6 31	6 38	6 45	6 12	5 77	5 84	5 90	5 96	6 03
10°	469 76	5 45	5 51	5 58	5 64	5 70	5 77	5 47	5 16	5 22	5 27	5 33	5 39	5 44
11°	411 90	4 83	4 89	4 94	5 »	5 06	4 80	4 53	4 58	4 62	4 67	4 72	4 77	4 83
12°	351 72	4 17	4 22	4 27	4 32	4 10	3 86	3 91	3 94	3 99	4 03	4 07	4 12	4 17
13°	289 13	3 47	3 51	3 55	3 37	3 18	3 21	3 24	3 28	3 31	3 35	3 39	3 42	3 71
14°	224 04	2 72	2 75	2 61	2 46	2 49	2 51	2 54	2 57	2 59	2 62	2 65	2 87	3 10
15°	156 35	1 92	1 82	1 71	1 73	1 75	1 77	1 79	1 81	1 83	1 85	2 »	2 17	2 33
16°	85 95	1 »	0 94	0 95	0 96	0 97	0 98	0 99	1 »	1 01	1 10	1 19	1 28	1 37
17°	12 73	0 14	0 14	0 14	0 14	0 14	0 14	0 14	0 15	0 16	0 17	0 19	0 20	0 21
Total des primes		94 87	95 70	96 44	97 11	97 65	98 14	98 52	98 84	99 06	99 31	99 62	100 06	100 28
Moy. des pr. (1/16)		5 92	5 98	6 02	6 06	6 10	6 13	6 15	6 17	6 19	6 20	6 22	6 25	6 29

DÉSIGNATION DES PRIMES	34 à 35 ans	35 à 36 ans	36 à 37 ans	37 à 38 ans	38 à 39 ans	39 à 40 ans	40 à 41 ans	41 à 42 ans	42 à 43 ans	43 à 44 ans	44 à 45 ans	45 à 46 ans	46 à 47 ans	47 à 48 ans	48 à 49 ans
	fr. c.	fr. c.	fr. c.	fr. c.	fr. c.	fr. c.	fr. c.	fr. c.	fr. c.	fr. c.	fr. c.	fr. c.	fr. c.	fr. c.	fr. c.
1°	10 93	11 06	10 49	9 90	10 »	10 10	10 21	10 33	10 44	10 55	10 67	11 56	12 49	13 44	14 44
2°	10 56	10 01	9 45	9 55	9 65	9 76	9 86	9 96	10 08	10 19	11 04	11 92	12 83	13 79	14 78
3°	9 52	8 98	9 08	9 17	9 27	9 37	9 47	9 58	9 69	10 49	11 34	12 20	13 11	14 05	15 78
4°	8 50	8 59	8 68	8 77	8 87	8 96	9 06	9 16	9 93	10 72	11 54	12 40	13 29	14 93	15 94
5°	8 08	8 16	8 25	8 35	8 43	8 53	8 62	9 34	10 09	10 86	11 67	12 51	14 05	14 90	15 29
6°	7 63	7 71	7 80	7 88	7 97	8 06	8 73	9 43	10 25	10 91	11 69	13 13	14 01	14 29	15 24
7°	7 15	7 23	7 31	7 39	7 47	8 09	8 74	9 41	10 11	10 84	12 17	12 99	13 25	14 13	15 07
8°	6 64	6 71	6 79	6 86	7 43	8 03	8 64	9 29	9 95	11 18	11 93	12 17	12 98	13 84	14 15
9°	9 09	6 16	6 21	6 75	7 29	7 84	8 43	9 03	10 14	10 83	11 04	11 78	12 56	12 85	13 70
10°	5 51	5 57	6 03	6 52	7 01	7 53	8 07	9 07	9 69	9 87	10 53	11 23	11 48	12 25	13 06
11°	4 88	5 29	5 71	6 15	6 60	7 08	7 95	8 49	8 66	9 23	9 84	10 07	10 84	11 45	11 76
12°	4 51	4 88	5 25	5 64	6 04	6 79	7 25	7 39	7 88	8 40	8 60	9 17	9 78	10 04	10 32
13°	4 01	4 31	4 64	4 97	5 58	5 96	6 08	6 48	6 91	7 07	7 54	8 04	8 25	8 48	8 76
14°	3 34	3 50	3 85	4 32	4 61	4 71	5 02	5 35	5 48	5 84	6 23	6 39	6 57	6 76	7 22
15°	2 50	2 68	3 02	3 22	3 28	3 51	3 73	3 82	4 07	4 34	4 46	4 58	4 72	5 04	5 39
16°	1 47	1 66	1 77	1 80	1 92	2 05	2 10	2 24	2 39	2 45	2 52	2 59	2 77	2 96	3 06
17°	0 24	0 26	0 26	0 28	0 30	0 31	0 33	0 35	0 36	0 37	0 38	0 41	0 43	0 45	0 48
Total des primes	101 56	102 85	104 59	107 52	111 72	113 63	122 29	128 72	136 12	144 14	153 10	163 14	173 46	183 74	194 44
Moy. des pr. (1/16)	6 34	6 42	6 53	6 72	6 98	7 29	7 64	8 04	8 50	9 »	9 57	10 19	10 83	11 48	12 15

Acquisition en 13 ans 3 mois.

Primes annuelles de l'assurance en cas de décès pour une habitation de **1000 francs**.

AGE DE L'ASSURÉ AU MOMENT DE LA SIGNATURE DU CONTRAT ET MONTANT DE PRIMES ANNUELLES

DÉSIGNATION DES PRIMES	MONTANT du CAPITAL assuré	21 à 22 ans	22 à 23 ans	23 à 24 ans	24 à 25 ans	25 à 26 ans	26 à 27 ans	27 à 28 ans	28 à 29 ans	29 à 30 ans	30 à 31 ans	31 à 32 ans	32 à 33 ans	33 à 34 ans	34 à 35 ans
		fr. c.	fr. c.	fr. c.	fr. c.	fr. c.	fr. c.	fr. c.	fr. c.	fr. c.	fr. c.	fr. c.	fr. c.	fr. c.	fr. c.
1re	900 »	9 51	9 61	9 71	9 81	9 90	10 01	10 12	10 23	10 34	10 45	10 57	10 69	10 80	10 93
2e	847 12	9 04	9 14	9 23	9 32	9 42	9 53	9 63	9 73	9 84	9 95	10 06	10 17	10 29	10 41
3e	792 18	8 54	8 63	8 72	8 81	8 91	9 »	9 10	9 20	9 30	9 41	9 51	9 62	9 73	9 23
4e	734 94	8 01	8 09	8 17	8 26	8 35	8 44	8 53	8 63	8 72	8 82	8 92	9 03	8 56	8 08
5e	675 40	7 43	7 51	7 59	7 67	7 76	7 84	7 93	8 02	8 11	8 20	8 30	7 87	7 48	7 51
6e	613 60	6 82	6 90	6 97	7 04	7 13	7 20	7 28	7 36	7 45	7 54	7 15	6 74	6 82	6 89
7e	540 27	6 17	6 24	6 31	6 38	6 45	6 52	6 59	6 67	6 75	6 40	6 04	6 10	6 16	6 23
8e	482 36	5 48	5 54	5 60	5 66	5 73	5 79	5 86	5 92	5 62	5 30	5 36	5 41	5 47	5 53
9e	412 78	4 74	4 79	4 85	4 90	4 95	5 01	5 07	4 81	4 54	4 59	4 63	4 68	4 73	4 78
10e	340 42	3 05	4 »	4 04	4 09	4 13	4 18	3 07	3 74	3 78	3 82	3 86	3 90	3 04	3 09
11e	285 16	3 11	3 13	3 18	3 22	3 25	3 00	3 01	2 94	2 97	3 »	3 04	3 07	3 11	3 14
12e	186 80	2 22	2 24	2 27	2 29	2 17	2 05	2 07	2 09	2 12	2 14	2 16	2 19	2 21	2 40
13e	105 49	1 26	1 28	1 29	1 23	1 16	1 17	1 18	1 19	1 21	1 22	1 23	1 25	1 35	1 46
14e	20 83	0 25	0 25	0 24	0 22	0 23	0 23	0 23	0 23	0 24	0 24	0 24	0 26	0 28	0 31
Total des primes		76 53	77 35	78 17	78 90	79 54	80 06	80 47	80 76	80 99	81 08	81 07	80 08	80 88	80 89
Moyen. des prim. (1/13e)		5 88	5 95	6 01	6 06	6 11	6 15	6 19	6 21	6 23	6 23	6 23	6 22	6 22	6 23

DÉSIGNATION DES PRIMES	35 à 36 ans	36 à 37 ans	37 à 38 ans	38 à 39 ans	39 à 40 ans	40 à 41 ans	41 à 42 ans	42 à 43 ans	43 à 44 ans	44 à 45 ans	45 à 46 ans	46 à 47 ans	47 à 48 ans	48 à 49 ans	49 à 50 ans	50 à 51 ans	51 à 52 ans
	fr. c.	fr. c.	fr. c.	fr. c.	fr. c.	fr. c.	fr. c.	fr. c.	fr. c.	fr. c.	fr. c.	fr. c.	fr. c.	fr. c.	fr. c.	fr. c.	fr. c.
1re	11 06	10 49	9 90	10 »	10 10	10 21	10 33	10 44	10 56	10 67	11 56	12 49	13 44	14 44	15 48	17 88	18 55
2e	9 87	9 81	9 41	9 54	9 61	9 72	9 82	9 93	10 04	10 88	11 75	12 65	13 59	14 57	16 36	17 46	17 81
3e	8 71	8 80	8 80	8 93	9 09	9 18	9 20	9 30	10 17	10 99	11 83	12 71	13 62	15 30	16 38	16 65	17 76
4e	8 17	8 25	8 34	8 43	8 52	8 62	8 71	9 44	10 19	10 98	11 79	12 64	14 19	15 15	15 45	16 48	17 57
5e	7 58	7 71	7 75	7 83	7 92	8 01	8 07	9 37	10 09	10 84	11 01	13 04	13 92	1 20	15 14	16 14	16 59
6e	6 96	7 04	7 11	7 19	7 27	7 88	8 51	9 16	9 84	10 56	11 85	12 65	12 90	13 76	14 07	15 »	16 »
7e	6 30	6 37	6 44	6 51	7 05	7 62	8 20	8 81	9 44	10 61	11 32	11 55	12 32	13 13	13 43	14 32	15 27
8e	5 50	5 65	5 72	6 19	6 60	7 20	7 74	8 29	9 31	9 94	10 14	10 81	11 53	11 79	12 57	13 41	13 77
9e	4 84	4 89	5 30	5 72	6 16	6 62	7 »	7 97	8 51	8 68	9 25	9 80	10 00	10 76	11 47	11 78	12 11
10e	4 03	4 37	4 72	5 28	5 46	5 85	6 57	7 01	7 15	7 63	8 13	8 32	8 87	9 46	9 72	9 99	10 27
11e	3 40	3 68	3 96	4 25	4 56	5 12	5 46	5 57	5 94	6 33	6 48	6 91	7 37	7 57	7 78	8 »	8 55
12e	2 50	2 70	2 90	3 21	3 01	3 85	3 98	4 10	4 46	4 57	4 87	5 10	5 33	5 48	5 64	6 03	6 44
13e	1 57	1 69	1 81	2 03	2 17	2 21	2 36	2 52	2 58	2 75	2 93	3 01	3 09	3 18	3 40	3 64	3 70
14e	0 33	0 35	0 40	0 42	0 43	0 46	0 49	0 50	0 54	0 57	0 59	0 61	0 62	0 67	0 71	0 74	0 79
Total des primes	81 00	81 30	82 74	85 55	88 64	92 55	97 08	102 50	108 81	116 00	124 10	132 47	140 88	149 40	158 15	167 02	173 17
Moyen. des prim. (1/13e)	6 23	6 26	6 36	6 58	6 81	7 11	7 46	7 89	8 37	8 92	9 54	10 19	10 83	11 48	12 16	12 84	13 47

Les différences qui existent entre les chiffres des trois barèmes précédents et ceux insérés dans notre étude de 1904 proviennent du fait suivant :

Antérieurement, la Caisse Nationale d'assurance en cas de décès n'effectuait le paiement du capital assuré sur les habitations à bon marché qu'à l'échéance de la prime qui suivait le décès ; nous avions donc compris, dans le capital assuré, le montant d'une année de loyer.

Le régime pratiqué actuellement par la Caisse Nationale garantissant le paiement du capital assuré immédiatement après le décès, il n'y a plus à assurer que la somme restant due par le sociétaire au commencement de chaque année.

L'objection que la plus forte prime est à payer au début de l'opération, et qu'en conséquence le sacrifice du début est d'autant plus lourd, ne saurait retenir l'attention, puisque cette augmentation de charges est largement compensée par les immunités fiscales dont bénéficie le sociétaire pendant les douze premières années de son acquisition.

Ordre de priorité à suivre dans l'attribution des maisons.

Si les fonds disponibles de la Société ne permettent pas de satisfaire immédiatement à toutes les demandes de construction de maisons individuelles, l'ordre d'exécution est fixé en accordant la priorité :

1° A l'actionnaire dont la date de libération du premier dixième est la plus ancienne ;

2° A l'actionnaire le plus ancien ;

3° En cas d'égalité dans les deux conditions ci-dessus, à l'actionnaire qui a été favorisé par le tirage au sort, auquel il est procédé par les soins du Conseil d'aministration ou d'une délégation dudit Conseil en présence des intéressés ou de leurs représentants dûment autorisés.

Indivision ou attribution de la maison
en cas de décès.

Sous l'empire de la législation antérieure, cette maison familiale, objet de tant de rêves, pouvait quand même disparaître ; après le décès, c'était le partage forcé qui, sous prétexte de protection légale, venait dépouiller les enfants ou enlever au conjoint survivant ce bien acquis en commun par l'effort soutenu d'une double existence, et dont la réalisation ne s'est souvent accomplie qu'au déclin de la vie.

Mais la loi a facilité l'indivision et par suite, la conservation desdites habitations.

Lorsqu'une maison individuelle, acquise ou construite par la Société, figurera dans une succession et que cette maison sera occupée, au moment du décès, par le défunt, son conjoint ou l'un de ses enfants, il sera statué sur le maintien de l'indivision, ou sur l'attribution, dans des conditions particulièrement avantageuses et ne demandant que des formalités peu coûteuses.

Exemple.

Les tableaux qui précèdent ont été dressés pour une habitation qui, par hypothèse, a été évaluée à 1.000 francs.

Chaque cas particulier exigera donc une petite opération : pour une habitation de 6.000 francs, il faudra multiplier par 6 les chiffres de nos barèmes ; pour une habitation de 8.000 francs, les chiffres desdits barèmes devront être multipliés par 8, etc.

En résumé, les prix d'acquisition peuvent être ainsi déterminés, en évaluant à 4 0/0 le revenu des actions de la Société :

7,40 0/0 de la valeur totale de l'habitation **pendant 21 ans,**

8,60 0/0 pendant 16 ans 2 mois,

9,80 0/0 pendant 13 ans 3 mois.

Ils comprennent le loyer de 3,25 0/0, la provision de 1,75 0/0 affectée au paiement des charges diverses et de la prime d'assurance en cas de décès, et l'amortissement fixé à 2,40 0/0, 3,60 0/0 ou 4,80 0/0, à la volonté du sociétaire, qui a également la faculté de se libérer par anticipation.

Ces périodes de 21, 16 et 13 ans peuvent, en effet, être abrégées si le sociétaire laisse dans la caisse sociale le montant des économies réalisées sur la provision de 1,75 0/0 payée par lui en vue de faire face aux charges de la maison. Ces sommes viennent alors s'ajouter aux versements effectués normalement sur les actions.

Capitaux.

La Société, dont le capital était au 31 juillet 1906 de 292.900 fr. fonctionne à l'aide de ses propres ressources et en usant des facilités financières accordées par la loi : son activité dépend de l'épargne de ses membres et de leur volonté de s'affranchir, autant que faire se peut, de toute intervention financière.

Elle vient de traiter avec la Caisse des Dépôts et Consignations pour la négociation de 100.000 francs d'obligations au taux de 3,25 0/0, avec bonification de vingt-cinq centimes et il y a lieu d'espérer qu'elle pourra obtenir une bonification nouvelle sur ce taux de 3 0/0 déjà avantageux.

Il est intéressant de faire remarquer que la Société l'Habitation Moderne est la première ayant obtenu un prêt direct de ce grand Établissement d'État.

L'application de la loi du 12 avril 1906 a été prévue dans les statuts, en vue de solliciter l'appui de l'Assistance publique, de la Ville de Paris, des autres communes intéressées et du Département de la Seine, sous les formes distinctes suivantes :

1° Souscription d'actions par l'Assistance publique ;

2° Cession de terrains à moitié prix de leur valeur par la Ville de Paris et les autres communes situées dans son rayon ;

3° Garantie d'un intérêt fixe, par le Département de la Seine, pour les actions et obligations émises par la Société, notamment pour les emprunts contractés à la Caisse des Dépôts et Consignations.

Administration.

La Société affecte exclusivement les fonds dont elle dispose à la réalisation des opérations immobilières statutaires, ainsi qu'à l'achat de rentes sur l'État français, d'obligations de la Ville de Paris, d'obligations de Chemins de fer ayant une garantie de l'État français, et d'actions et obligations de Sociétés d'habitations à bon marché.

Le fonctionnement administratif est assuré par le montant des taxes d'entrée, des dons, subventions, etc., le fonds social étant intégralement employé comme il est dit ci-dessus.

Aucune construction n'est commencée tant que la Société ne dispose pas de la somme nécessaire à son exécution, soit en espèces, soit en ouverture de crédit ou en prêt consenti en principe par la Caisse des Dépôts et Consignations.

Toutes les opérations sont faites en commun, sans qu'il puisse y avoir aucune spéculation, sans que personne puisse indûment prélever une part quelconque des bénéfices de la Société ; l'appareil administratif est aussi réduit que possible, les sociétaires collaborant eux-mêmes, gratuitement, à l'administration de la Société, sous l'impulsion des administrateurs délégués à cet effet et remplissant leurs fonctions également à titre gratuit.

Situation de la Société.

Neuf pavillons sont déjà habités :

Un pavillon de 7.000 francs à Colombes, avenue du Drapeau, par un ouvrier de l'usine de Colombes ;

Un pavillon de 7.000 francs, à Argenteuil, chemin du Perreux, par un ouvrier de l'Usine de Colombes ;

Un pavillon de 9.000 francs, au parc de Vitry, rue des Violettes, par une employée du Magasin central des hôpitaux ;

Un pavillon de 6.700 francs, au parc de Vitry, rue des Violettes, par un employé du Magasin central des hôpitaux

Un pavillon de 7.700 francs, à Choisy-le-Roi, route de Villeneuve-le-Roi, aux Hautes-Bornes, par un typographe de l'Imprimerie Municipale :

Un pavillon de 7.700 francs, à Champigny, avenue Des Touches, par un ouvrier du Mont-de-Piété.

Un pavillon de 9.000 francs, à Bagneux, villa des Fleurs (route d'Orléans, nº 112) par un surveillant jardinier ;

Un pavillon de 10.000 francs, au domaine de Gibraltar, à Draveil, par un piqueur municipal ;

Un pavillon de 9.000 francs, à Neuilly-Plaisance, rue Léonie-Blanche, 10, par un cantonnier.

Les neuf sociétaires qui occupent ces maisons ont contracté une assurance temporaire en cas de décès, garantissant à la Société le paiement des sommes pouvant lui être dues au moment du décès, et garantissant à leur famille la toute propriété de l'habitation.

D'autre part, les affaires suivantes sont actuellement en voie d'exécution :

Un pavillon de 6.000 francs, à Colombes, avenue du Drapeau, destiné à un mécanicien de l'Usine de Colombes ;

Un pavillon de 10.000 francs, à Morsang-sur-Orge, au parc Beauséjour, avenue de Viry, pour un surveillant de la Salpêtrière ;

Un pavillon de 10.000 francs, au Petit-Colombes, rue Colbert, 200, pour un ouvrier de l'Usine de Colombes ;

Un pavillon de 6.000 francs, à Villeneuve-le-Roi, rue de la Gare, pour un facteur de la Préfecture de la Seine.

Un pavillon de 9.000 francs, à Paris, 35, rue Cacheux, destiné à un employé du Magasin central des Hôpitaux ;

Un pavillon de 9.000 francs, à Choisy-le-Roi, rue Durand, pour un employé du Mont-de-Piété ;

Deux pavillons de 11.000 francs, à Choisy-le-Roi, allée Pichon, pour deux électriciens de l'Usine Municipale des Halles ;

Un pavillon de 10.000 francs, à Choisy-le-Roi, allée Pichon, pour un électricien de l'Usine Municipale des Halles ;

Un pavillon de 11.000 francs, à Choisy-le-Roi, allée Pichon, pour un professeur de gymnastique dans les écoles de la Ville de Paris ;

Un pavillon de 10.000 francs, à Arcueil, rue Albert-le-Grand, pour un expéditionnaire de la Préfecture de la Seine ;

Un pavillon de 11.000 francs, à Bagneux, chemin des Blains, pour un expéditionnaire de la Préfecture de la Seine ;

Un pavillon de 9.000 francs, au parc de la Faisanderie, à Villeneuve-le-Roi, avenue Caroline-Thérèse, pour un cocher des Ambulances municipales ;

Un pavillon de 4.000 francs, à Montmorency, rue du Lieutenant-Meynier, pour un expéditionnaire à la Préfecture de la Seine ;

Un pavillon de 7.000 francs, à Joinville-le-Pont, avenue des Lilas, pour un ouvrier gazier du Service municipal de l'Eclairage ;

Un pavillon de 9.000 francs, à Herblay, rue Jean-Leclaire, pour un piqueur du Service des Eaux et de l'Assainissement ;

Un pavillon de 11.000 francs, à Vaucresson, allée de Saint-Cucufa, pour un rédacteur à l'Assistance Publique ;

Un pavillon de 6.000 francs, à Fontenay-sous-Bois, pour un employé du Mont-de-Piété ;

Un pavillon de 7.000 francs, à Drancy, pour un commis du Service des travaux ;

Un pavillon de 9.000 francs, à Neuilly-Plaisance, rue Chanzy, pour un ouvrier gazier du Service de l'Eclairage ;

Un pavillon de 6.000 francs, à Herblay, chemin de Sainte-Honorine, pour un piéton du Service des Eaux et de l'Assainissement ;

Un pavillon de 10.000 francs, à Saint-Mauri e rue Decorse, pour un expéditionnaire à la Direction de l'Enseignement primaire ;

Un pavillon de 10.000 francs, à Sèvres, 43, rue de Brancas, pour un expéitionnaire à la Direction des Affaires municipales ;

Un pavillon de 7.000 francs, à Clamart, route de Chevreuse, pour un employé de l'Octroi.

Un pavillon de 7.000 francs, à Choisy-le-Roi, allée Pichon, pour un électricien de l'Usine Municipale des Halles.

Enfin, la construction d'une importante maison collective, à Paris, vient d'être mise à l'étude.

Les premiers résultats obtenus autorisent le Conseil d'administration à solliciter, avec confiance, l'adhésion de tous ceux qui penseront devoir faire un effort pour améliorer leur habitation et aussi de ceux qui, tout en faisant un placement de tout repos, voudront coopérer à une œuvre **véritablement utile** et répondant exactement aux nouvelles conceptions des idées d'**Épargne**, de **Prévoyance** et de **Solidarité**.

Les administrateurs :

TARRIN, sous-chef de bureau à la Préfecture de la Seine (Secrétariat du Conseil général), *Président*.

BOUTIN, rédacteur principal à la Préfecture de la Seine (8e mairie), *Vice-Président*.

PIOLÉ, expéditionnaire à la Préfecture de la Seine (Direction d'Architecture), *Secrétaire*.

AVENET, piqueur municipal (3e section).

BELŒIL, surveillant de jardinage au Service des Promenades et Plantations.

CHANTRIER, employé au Mont-de-Piété.

DEMARET, piqueur à l'usine de Colombes.

FLORANCE, ingénieur de la 3e section des Travaux de Paris.

FRÉDÉRIC, piqueur au Service du Métropolitain.

GERARDS, conducteur municipal principal, sous-inspecteur des Carrières.

GRESLAT, employé à l'Octroi de Paris.

LEREDDE, magasinier principal au Mont-de-Piété.

PAQUET, commis à la Préfecture de la Seine (6e mairie).

TIFFEREAU, commis principal au Mont-de-Piété.

VIGNERON, typographe à l'Imprimerie Municipale.

N....

Les commissaires de Surveillance :

LAMOUCHE, rédacteur principal à la Préfecture de la Seine (Direction du Personnel).

OLIVE, chef du Matériel au Mont-de-Piété.

Les souscriptions et toutes demandes de renseignements doivent être adressées au siège social ou à l'un des administrateurs.

IMPRIMERIE CHAIX, RUE BERGÈRE, 20, PARIS. — 10795-7-06. — (Encre Lorilleux).

www.ingramcontent.com/pod-product-compliance
Ingram Content Group UK Ltd.
Pitfield, Milton Keynes, MK11 3LW, UK
UKHW021632090726
13657UKWH00004B/1588